I RAGAZZI GRANDI E RACCONTI SCELTI

Carlo Collodi, al secolo Carlo Lorenzini, nacque nel 1826 a Firenze, figlio di due domestici al servizio dei marchesi Ginori; la madre Angiolina era figlia del fattore dei marchesi Garzoni Venturi in località Collodi, cittadina legata ai suoi ricordi d'infanzia, che ispirò il celebre pseudonimo. Nel 1837 entrò in seminario a Colle di Val d'Elsa, senza farsi prete, e nel 1842 proseguì gli studi superiori presso la scuola religiosa degli Scolopi, interrotta due anni dopo per diventare giornalista. Nel 1848, allo scoppio della Prima guerra d'indipendenza, s'arruolò volontario, e poi tornato a Firenze, fondò insieme al nipote Paolo e ad altri amici scrittori *Il Lampione*, un giornale satirico sospeso nel 1849, dopo la cacciata di Domenico Guerrazzi da parte dei sostenitori del granduca di Toscana Leopoldo II. Dopo la restaurazione, Lorenzini fu costretto ad allontanarsi dalla Toscana per lunghi periodi e cominciò a collaborare con numerose testate giornalistiche umoristiche, soggiornando spesso a Milano e a Torino, e scrivendo di argomenti letterari, teatrali e musicali. Nel 1856 si firmò per la prima volta Carlo Collodi sulle pagine del giornale umoristico fiorentino *La Lente*. Nel 1859 si arruolò di nuovo per partecipare alla Seconda guerra d'indipendenza e ritornato a Firenze divenne censore teatrale. Nel 1868, entrò nella redazione del *Novo vocabolario della lingua italiana secondo l'uso di Firenze*, edito con il patrocinio del Ministero della Pubblica Istruzione. Nel 1875 ricevette dall'editore Paggi l'incarico di tradurre le fiabe di Perrault, D'Aulnoy e Leprince de Beaumont, e Collodi le tradusse riscrivendole in chiave umoristica; il volume uscì l'anno successivo col titolo *Racconti delle fate*. Al successo di questa prima opera seguirono *Giannettino* (1877) e *Minuzzolo* (1878) e nel 1881 uscì la prima puntata delle famose *Avventure di Pinocchio*, con il titolo *Storia di un burattino*, sul primo numero del *Giornale per i Bambini*, diretto da Ferdinando Martini. Nel 1883 pubblicò *Le Avventure di Pinocchio* in volume e diresse per tre anni il *Giornale per i Bambini*. Morì a Firenze nel 1890.

SILVIA LICCIARDELLO MILLEPIED lavora nell'editoria dal 2012 e ha pubblicato e curato centinaia di opere letterarie. Tra le sue ultime traduzioni troviamo i racconti di Katherine Mansfield *In una pensione tedesca*; diverse opere di Alexandre Dumas tra cui *I Borgia* e *I Cenci*; *Vita e avventure di Lazzarillo de Tormes* e molti altri. Maggiori informazioni su silvialicciardello.com.

CARLO COLLODI

I ragazzi grandi e racconti scelti

A cura di S. LICCIARDELLO

Res stupenda in libris invenitur.

IL CAVALIERE DELLE ROSE

ISBN: 979-10-378-0143-2

www.immortalistore.com

Edizione di riferimento: C. Collodi, *I ragazzi grandi*, Sellerio Editore, Palermo 1989 | C. Collodi. *Occhi e nasi. Ricordi dal vero*, Firenze, Bemporad, 1910.

Prima edizione nel «Cavaliere delle rose» marzo 2024

© 2024 Silvia Licciardello Millepied

INDICE

I RAGAZZI GRANDI E RACCONTI SCELTI

I ragazzi grandi
   Parte prima I
   Parte seconda 47
Un cavaliere del secolo XIX 90
Un uomo serio 97
Le commedie immorali 113
Sangue Italiano 116
L'amico del quieto vivere 123
Le persone prudenti 126

I RAGAZZI GRANDI
PARTE PRIMA

Bettina, accendi subito il caminetto – disse Clarenza, entrando in salotto e volgendo la sua parola a una donna sulla cinquantina, che stava spolverando con una spazzola di penne i mille ninnoli, di varia maniera, posati per ornamento sopra la mensola di un caminetto, sormontato da un grande specchio.

– Nel momento – rispose la Bettina, e chinandosi per accomodare la legna, disse alla sua giovane padrona:

– Indovini un po', signora Clarenza, chi ho veduto or ora, per la strada, mentre tornavo a casa.

– Sarà un po' difficile.

– Glie lo do a indovinare in mille.

– Figurati, se voglio stare a lambiccarmi il cervello. Spicciamoci: chi hai veduto?

– Il signor conte!...

– Come! Mario è qui?... Mi pare quasi impossibile. A quest'ora sarebbe venuto a trovarci.

– Eppure era lui!

– Bada, Bettina, avrai sbagliato!...

– Era lui in persona... e si mantiene sempre un bell'uomo!...

– Lo credo. Sempre elegante?...

– Sempre lo stesso. Mi ricordo di quando, da giovinotto, veniva per casa e che tutti si credeva che fra lui e lei – (nel dir così la Bettina, accennò cogli occhi la sua padrona) – ci fosse veramente qualche cosa... eppoi...

– Eppoi, sul più bello tutte le speranze andarono in fumo, non è vero Bettina?... – Nel profferir queste ultime parole, la Clarenza fece una di quelle risate artificiali, che non fanno ridere nessuno, nemmeno la persona che ride.

Dopo dieci minuti di silenzio, la Bettina, scrollando il capo, continuò:

– Peccato! che bella coppia sarebbe stata!...

– Non lo credere: Mario non era l'uomo per me! Troppo leggero di carattere: troppo volubile! troppo farfallone!... Mario, per tua regola, non sarà mai un uomo serio!...

– Ma un gran bell'uomo!

– Speriamo che l'Emilia gli avrà fatto metter giudizio!...

– Speriamolo davvero.

– In ogni modo, val più Federigo in un solo dito...

– Dicerto – replicò la Bettina, con accento di sincera convinzione. – Dicerto, il signor Federigo è una gran degna persona... ma ecco... secondo me, non ha la malizia di esser bello come il signor Mario!...

In questo mentre, Francesco si presentò sulla porta, annunziando: – Il signor conte Mario.

La Clarenza, colla rapidità del baleno, si diè un'ultima guardata allo specchio: quindi, preso il primo libro che gli capitò fra le mani, andò a sedersi dinanzi al caminetto.

– È permesso?

– Ma questo è un miracolo! una vera apparizione!... – disse Clarenza, voltandosi sorridendo verso la porta, e stendendo la mano al conte.

– Mia buona Clarenza! Anche a me mi pare di sognare! – replicò Mario, con un accento di mal dissimulata afflizione.

Clarenza, meravigliata, lo guardò fisso negli occhi: quindi, pigliando un tuono di voce carezzevole:

– Vi è accaduto forse qualchecosa?...
– Perché?...
– Dio mio! Avete addosso una cert'aria di mal umore, che fate proprio pietà... voi, una volta così allegro... così scapato...
– Non vi occupate di me, Clarenza, parliamo piuttosto di voi. Gli anni passano e non vi toccano. Sempre bella e fresca, come una camelia sulla pianta.
– Diavol mai! – replicò vivacemente Clarenza, un tantino impermalita del complimento – una donna, a venticinqu'anni, ha quasi il dovere di non esser brutta. Anche voi, sapete, Mario: se non aveste codest'aria di salcio piangente, si potrebbe dire che vi siete conservato come un ermellino nella canfora.
– No, amica mia – soggiunse il conte, abbassando di nuovo il tuono della voce – ormai io sono vecchio, un decrepito di trenta anni!...
– Ecco le solite frasi! A proposito: come sta l'Emilia? non mi avete detto nulla...
– Vi prego!... non tocchiamo questo tasto.
– Mi fate paura? È forse malata? – domandò Clarenza con vivissima ansietà.
– Peggio!...
– Mio Dio!... Morta?
– Peggio!...
– Peggio?... – Clarenza rimase perplessa, stuonata, come fuori di sé: quindi illuminata quasi improvvisamente da un baleno, che traversò la sua mente, soggiunse piano e con voce compassionevole:
– Povero Mario! in questo caso comprendo benissimo il vostro dolore e lo rispetto...

Il conte si lasciò cascare sopra una poltrona, dove per alcuni minuti secondi rimase immobile e cogli occhi fissi a terra. Quando si risentì, il suo primo movimento fu quello di portarsi la mano sopra la testa, per assicurarsi colla punta delle dita se la scrinatura dei capelli avesse sofferta qualche perturbazione, in quella violenta scossa di tutta la persona.

– Mario!... e lui chi era? – domandò Clarenza esitando e abbassando gli occhi.

– Un mio compagno di collegio! l'amico del cuore.

– Infami! tutti così gli amici del cuore!

– Venne quest'estate a Genova. I medici gli avevano ordinato i bagni di mare. Il giorno stesso che arrivò lo incontrai alla posta. Era pallidissimo e mal'andato di salute. Sei solo? gli domandai. – Sì. – e dove abiti? M'immagino che non sarai sulla locanda. – Anzi sono appunto sulla locanda. – In codesto stato di salute? Tu hai bisogno di qualcuno che ti assista. – Ubbie, mi rispose sorridendo melanconicamente; all'occorrenza, so morire anche da me solo; e senza bisogno di aiuto. – Sciocchezza! tu verrai a casa mia, gli risposi in tuono imperativo. Io abito a venti passi di distanza dal mare. Ho un quartiere assai grande e assai comodo, perché ci sia sempre una camera e un salottino per gli amici. – Impossibile. – Ti ripeto che t'aspetto, e non facciamo complimenti inutili. Sì. – no, no – sì – il fatto sta che lo costrinsi ad accettare. Lo presentai a mia moglie, e dopo pochi giorni diventò di famiglia. La sera mi accompagnava al Club, e alle due dopo la mezzanotte veniva a riprendermi per tornare a casa insieme. Passarono così due mesi: le bagnature erano finite; l'amico si era completamente ristabilito... ma non parlava d'andarsene...

– E in tutto questo tempo non vedeste nulla? Non vi accorgeste di nulla?

– Clarenza mia – continuò Mario fremendo e lisciandosi con compiacenza le sue lunghe fedine – i mariti somigliano a quei disgraziati di cui parla il Vangelo: hanno gli occhi, e non vedono; hanno gli orecchi, e non intendono nulla. Una bella mattina, Giorgio... (così si chiamava quel miserabile) riceve un dispaccio da casa. Bisognava che partisse subito. Difatti partì, promettendo che sarebbe tornato dopo pochi giorni per riprendere la sua roba e per ringraziarci della cortese ospitalità che gli si era data.

A questo punto, ci furono due minuti di pausa e di raccoglimento, quindi il conte seguitò:

– Non starò a dirvi per quale strana combinazione, durante quella breve assenza, una lettera di Giorgio, che era destinata per l'Emilia, capitasse disgraziatamente nelle mie mani. Si vede proprio che gli innamorati colpevoli son come i ladri: i quali, dopo tanto ingegno e dopo tante cautele, finiscono prima o poi col fare qualche grande sciocchezza, che serve a scuoprirli e a metterli nelle mani della giustizia.

– E quella lettera?... – domandò Clarenza con una curiosità impaziente.

– Da quella lettera potei comprendere che il falso amico... che il Giuda insidiava al mio onore!... Voi conoscete il mio carattere impetuoso, violento, subitaneo. Senza metter tempo in mezzo, mi presentai a mia moglie, come una tigre ferita. L'Emilia protestò della sua innocenza: pianse: pregò – e siccome una parola ne tira un'altra, così accadde una scena dolorosissima, al seguito della quale mia moglie ritornò presso sua madre, gridando e spergiurando che non avrebbe più rimesso il piede in casa mia... Partita l'Emilia, mi trovai solo! – solo come un cane. Risoluto, d'altra parte, per la mia dignità, a non fare nessun atto di scusa e di sottomissione, feci allestire la mia valigia, e fino da ieri sera eccomi qua, in un paese dove ho passato gli anni più belli della mia prima giovinezza; dove si può dire che sono conosciuto da tutti, e dove tutti mi vogliono bene.

– Povero Mario! E di lui?...
– Non ne ho saputo più nulla, e non voglio saperne nulla. Ma ditemi voi, Clarenza, se si può trovare un uomo più scellerato di quello?!... tradire così vilmente l'ospitalità dell'amico. Giorgio è un mostro.
– Giorgio è un uomo, come tutti gli altri. Io non scuso davvero la sua condotta! Dio me ne guardi! Ma Giorgio non è un'eccezione alla regola. Amico mio – continuò Clarenza, battendo leggermente e con grazia la sua bella manina sul braccio del conte – tenetelo bene a mente: ammesse certe date circostanze, tutti gli uomini si somigliano fra di loro.
– No, Clarenza, no – replicò Mario, quasi sdegnato e con accento vibrato. – Io, per esempio, sono stato un grande scapato: io, per dir come diceva mio padre, ne ho fatte di tutti i colori!... ma, vivaddio, sento che non sarei capace di un'azione indegna come questa!... Però la colpa è mia, tutta mia... e ora tocca a me a farne la penitenza.
– È vero la colpa è vostra; ma permettetemi, che ve lo dica: un po' di colpa ce l'ha anche l'Emilia.
– Sono io, io, che ho condotto Giorgio in casa! Dunque tutta l'imprudenza è mia.
– Ma una moglie prudente – soggiunse Clarenza, assottigliando la voce con moltissimo garbo e staccando le parole, le une dalle altre – ma una moglie prudente avrebbe dovuto rimediare all'imprudenza del marito. Toccava all'Emilia, scusate se parlo così, a farvi notare la poca convenienza di mettervi un giovinotto per casa... se non foss'altro per riguardo al mondo!
– Non ne parliamo più, – interruppe Mario alzandosi e dandosi un'occhiata complessiva nello specchio, appeso al disopra del caminetto. Quindi continuò con un accento d'amarezza infinita.

– Se io vi dicessi che questa sciagura domestica ha spento per sempre il sorriso della mia vita.

– Fortunatamente non è stata una sciagura irreparabile! Meno male, che ve ne siete avveduto in tempo.

– Se io vi dicessi che la condotta abbominevole di Giorgio m'ha nauseato del mondo... mi ha messo in diffidenza con tutta la società!... Se io vi dicessi – (e qui la voce di Mario cominciò a tremare) – che tutte le volte che io mi trovo solo... mi assalgono tristissimi pensieri... e finisco... mi vergogno a dirlo... col vagheggiare il suicidio.

– Mario! – gridò Clarenza, impaurita – guardate bene che io non senta più sulla vostra bocca questa brutta parola!... Quanto tempo avete intenzione di trattenervi qui?...

– Non lo so neppur io: giro il mondo come un pazzo.

– Volete dar retta a me?

– Volentieri.

– Promettetelo.

– Lo prometto.

– In casa nostra, abbiamo un piccolo quartiere che dà sul giardino. È il quartiere destinato per il mio fratello Carlo, quando ritornerà da Berlino, dov'è a finire i suoi studi...

– Vi ringrazio – disse Mario, interrompendola – ma è impossibile, assolutamente impossibile.

– Voi avete bisogno di svago, di distrazione...

– Pur troppo!

– Voi, soprattutto, avete bisogno di non restar mai – solo!... La solitudine è sempre consigliera di tristi pensieri... e segnatamente per voi, per voi che avete un carattere così sensibile, così nervoso!

– Non abbiate paura, Clarenza – disse Mario, sorridendo a fior di labbra, e pigliando per la mano la sua graziosa interlocutrice.

– Non ho paura, io: ma se accadesse qualche sciocchezza, v'immaginate il rimorso, che sarebbe per tutti noi?...

– Parlatene almeno prima con Federigo.

– Non c'è Federigo che tenga; per vostra regola, in questa casa ci sono il marito e la moglie. Contenta io, contenti tutti.

– Donna veramente rara!... E dire che tanto tesoro di grazia e di spirito poteva esser mio!... Vi rammentate, Clarenza, di quei tempi famosi?...

– Io non mi rammento di nulla! – replicò l'altra con disinvoltura.

– Davvero?... Come non vi rammentate nemmeno di quella famosa festa da ballo, in casa di mia zia?...

– Vi ripeto che io non mi rammento di nulla: di nulla affatto. Mi rammento soltanto d'un proverbio, che dice: «Acqua passata non macina più».

– Ah! Clarenza! I proverbi qualche volta sono crudeli!...

– Saranno crudeli – soggiunse Clarenza ridendo, – ma sono molto comodi per troncare i discorsi uggiosi e inconcludenti.

Mario, che in quel momento si era dimenticato della sua sciagura coniugale (non è concesso a tutti di avere un'eccellente memoria!), si morse leggermente il labbro inferiore; poi, riattaccando la conversazione, continuò:

– E Federigo sta bene?

– Come un pesce nell'acqua – rispose Clarenza, per fargli capire che aveva letto *I Masnadieri* di Schiller.

– E il vostro commercio delle pelli prospera sempre?

– Vi avverto, Mario – osservò Clarenza con l'accento freddo di una persona mortificata nella parte più viva del suo amor proprio – che oramai è più d'un anno che Federigo si è ritirato affatto dal commercio. Abbandonò la mercatura per dedicarsi interamente alla vita politica!

– Come! – soggiunse il conte, dando in una gran risata. – Avete lasciato le pelli per la politica? Un brutto baratto, cara mia; ve ne avvedrete al bilancio!

– Pazienza! D'altra parte, noi abbiamo tanto, e forse qualche cosa più, per poter vivere agiatamente. Prova ne sia che Federigo, non avendo figli, ha fondato a tutte sue spese un educatorio per le fanciulle povere del comune.

– È una cosa che gli fa onore.

– Questo lo dite voi, e lo dicono tutti: ma il Ministero seguita a far l'indiano. Credete voi che quei signori si siano voluti ricordare una sola volta di mio marito?...

– Per altro – soggiunse Mario, studiandosi di dare alla sua voce il colore di un dolce rimprovero – se le voci sono vere, sento dire che Federigo è uno dei caporioni del partito dei malcontenti...

– Siamo giusti, amico mio – replicò Clarenza vivacemente – come volete che mio marito sia governativo, se non è nemmeno cavaliere?

Mario aprì la bocca a mezzo sbadiglio, tanto per nascondere il balenìo d'un risolino impertinente, che gli era spuntato, senza avvedersene, a fior di labbra; quindi riprese:

– Ditemi un'altra cosa: e Federigo conserva sempre le stesse abitudini?

– Quali abitudini?

– Voglio dire – continuò l'altro scherzando – porta sempre il solito cappello alla calabrese, la solita camicia quasi sempre sbottonata da collo, la solita cravatta di seta in colori?...

– Dico la verità – rispose Clarenza, indispettita e mortificata – sono tutte cose alle quali non ho fatto mai attenzione. Del resto – continuò con voce ironica e alzandosi in piedi – non tutti gli uomini hanno avuto dalla natura il dono di esser belli ed eleganti, come il signor conte Mario!...

– Domando scusa: non ho inteso punto di offendere, né di far confronti!...

– E allora, perché vi occupate tanto della toilette di mio marito?...

– Perché?... Ah!... mi domandate perché?.. Perché, Clarenza mia, più ci guardo e più mi persuado che avreste dovuto nascere ai fortunati tempi ai Luigi XIV! La vostra mano era degna dei cavalieri più brillanti della corte del gran monarca.

– Badate, Mario! se cominciate a canzonarmi, vi lascio qui su due piedi e me ne vado – disse Clarenza, rimettendosi a sedere.

– Un'altra curiosità. E vostra sorella? non mi avete ancora detto nulla di quel caro diavoletto della Norina.

– Sta in casa con noi.

– Si è rimaritata?

– No.

– Pare impossibile: Così giovine e così graziosa!

– Vi dirò: mia sorella è la più buona figliuola di questo mondo: ma sta male un poco qui.

La Clarenza, profferendo quest'avverbio di luogo, si toccò coll'indice della mano in mezzo alla fronte. Poi continuò:

– Se il giudizio facesse da fedi di nascita, la Norina avrebbe appena dieci anni. Figuratevi, per dirvene una, che in questi giorni ha mandato indietro un magnifico partito. Conoscete, per caso, il signor Valerio?

– Se lo conosco! Siamo vecchi amici. Un bravissimo giovine e che sa fare molto bene i propri affari.

– Valerio è appunto la persona, alla quale Federigo ha ceduto tutto il suo traffico commerciale.

– E la Norina lo ha rifiutato?

– Rifiutato veramente, no; ma già è lo stesso: lo ha disgustato... stancato.

– E il perché si sa?

– Io lo so pur troppo. È un perché da ragazzi. A voi, antico amico di casa, posso anche farvene la confidenza.

Nel dir quest'ultime parole, Clarenza si alzò: e con passo leggerissimo andò a metter l'occhio allo spiraglio di una porta semichiusa, che rimaneva dalla parete opposta, in faccia al caminetto.

– Scusate la mia curiosità – disse il conte, che non capiva nulla in questo brano di pantomima – e tutta questa circospezione, perché?... Ma sarebbe per caso un segreto di Stato?...

– Ho le mie buone ragioni – rispose Clarenza, tornando verso il caminetto; – bisogna sapere che la Norina spesso e volentieri si diverte a stare a sentire dietro agli usci.

– Nossignora, nossignora! – gridò una voce limpida e squillante come un campanello – la Norina non si è divertita mai a stare a sentire dietro agli usci. Ecco qui perché, mi è accaduto una volta... una sola volta... la mia signora sorella non l'ha fatta più finita!

La Norina, che era già entrata in sala improvvisamente, guardò la sorella in un certo modo tragico-comico, quasi volesse dire: carina! ci rivedremmo a quattr'occhi.

Quindi, cambiata fisonomia e fattasi tutta sorridente, si volse al conte e stendendogli la mano:

– Buon giorno – gli disse – signor Mario. Buon giorno e bene arrivato!

– Si parlava appunto di voi.

– Me l'ero figurato.

– Raccontavo, giusto, a Mario, lo sproposito che hai fatto – soggiunse Clarenza.

– Sproposito?... quale sproposito?

– Quello di esserti disgustato il signor Valerio.

– Per carità... – fece la Norina, con l'accento piagnucoloso della persona annoiata – per carità...: non parliamo più di lui. Oramai è un motivo vecchio. Mi è venuto a noia come la pira del *Trovatore*.

– Hai torto!

– Pazienza! tanto peggio per me: se non foss'altro il nome di Valerio! Mi è parso sempre un nome da commedia.

– Mettiamo da parte le giuccherie: Valerio è un negoziante intelligente, che fra qualche anno sarà un bel signore...

– Ma sempre uggioso, sempre antipatico, sempre molesto. Insomma, io sento benissimo, che se lo sposassi, farei due disgraziati!... – disse la Norina, facendo colla bocca una smorfia curiosa, come se avesse parlato d'olio di fegato di merluzzo non depurato.

Clarenza guardò in viso la sua sorella; quindi aggiunse con accento ironico e stentato:

– Sì!... Sposerai quell'altro!...

– Ah! dunque c'è un altro? – domandò il conte, ficcandosi tutte e due le mani nelle tasche della sottoveste e mettendosi fra mezzo alle due giovani donne.

– Io non so nulla! – replicò Clarenza.

– Eccovi la spiegazione della favola – soggiunse francamente la Norina. – Bisogna sapere che la signora Clarenza si è messa in capo che io abbia ancora qualche speranza sul marchesino di Santa Teodora.

– Questa è la favola: io racconterò la morale – replicò Clarenza. – Bisogna sapere che il marchesino di Santa Teodora, dopo esser venuto per qualche tempo in casa nostra con molta frequenza, cominciò un bel giorno a diradare le sue visite... e finì poi come doveva finire... cioè, col non venirci più!

– A buon conto, se n'è andato senza dire addio: dunque potrebbe ritornare.

– Sì, aspettalo.

– Non lo conosco punto questo Santa Teodora: è un bel giovine? – domandò il conte.

– È marchese! ecco tutta la sua bellezza!... – disse Clarenza: e avvicinatasi a Mario, gli sussurrò sottovoce:

– Per la smania di un titolo, la Norina sarebbe capace di commettere qualunque sciocchezza.

– Volete conoscerlo, Mario? – disse la Norina, tirando fuori da un piccolo portafoglio un ritratto in fotografia.

– Vediamolo – rispose il conte: e prese in mano il ritratto, per osservarlo. In quel mentre, la Norina gli bisbigliò velocemente negli orecchi:

– Vedete! Se domani, per disgrazia, diventassi marchesa, la Clarenza sarebbe capace di cavarmi gli occhi. Come son curiose certe debolezze! perché è toccato a lei un pellicciaio, così pretenderebbe che tutte le donne dovessero sposare dei negozianti di pelli!...

– Dunque, Mario?... – interruppe Clarenza, che aveva indovinato l'argomento di quel cicaleccio, mormorato a fior di labbra.

– Avete ragione – disse il conte, andando a prendere il suo cappello, che aveva posato sopra una sedia. – Poiché volete così, vado subito a prendere la mia valigia.

– A proposito, Norina; ho da darti una notizia gradita: questo signore – (e Clarenza accennò Mario) diventa per qualche giorno ospite in casa nostra.

– Lo so! – rispose la Norina sbadatamente.

– Chi te l'ha detto? – domandò Clarenza vivacemente.

– È stato un caso – replicò la Norina, mendicando una scusa. – Traversava appunto il salotto verde, quand'ho sentito che tu dicevi...

– Capisco, capisco: il solito caso!... Del resto, il povero

Mario è malatissimo di nervi... ed ha bisogno di svagarsi. Tocca dunque a noi a cercar tutti i mezzi per non dargli tempo di ricordarsi del suo malumore. La sera faremo un po' di musica: qualche volta un po' di ballo: e appena il tempo si rimetterà, anderemo a passare una bella giornata alla nostra villa di Belmonte...

– Cara Norina! – disse Mario dandosi alla sfuggita un'occhiata di compiacenza nello specchio – mi è cascata addosso una di quelle disgrazie!...

– Pur troppo!... – soggiunse sbadatamente la Norina.

– E come l'avete saputa?

– Sarà stata la solita combinazione, il solito caso!... – interruppe Clarenza, ridendo e guardando la sorella.

– Le forze mi hanno talmente abbandonato! – seguitò il conte, alzandosi con fatica dalla poltrona dov'era più sdraiato che seduto, – le forze mi hanno talmente abbandonato, che io sento benissimo che vado incontro a una gran malattia.

– Ubbie! esagerazioni! – disse la Norina. – Se tutti i dispiaceri coniugali portassero necessariamente seco una malattia, a quest'ora tutto il mondo sarebbe uno spedale...

– Che disinganno atroce! un amico, capite?.. un amico, che tradisce...

– Andate, Mario, andate a prendere la vostra roba.

– Avete ragione, Clarenza!... Compatitemi se mi ripeto troppo spesso... e rammentatevi che è un'opera di misericordia quella di sopportare le persone moleste! A fra poco.

E il conte se ne andò.

– Povero diavolo! eppure mi fa male! – disse Clarenza con accento di vera compassione.

– Io dico, invece, che gli sta bene!... Quando un uomo ha per moglie una donna giovane e graziosa, come è l'Emilia, prima di mettersi in casa un amico pericoloso, dovrebbe pensarci venti volte, eppoi non farne nulla.

– Bada veh! In questo caso, secondo me, la più colpevole è l'Emilia. Toccava a lei a protestare.

– Povera figliola! Chi lo sa! forse non prevedeva nulla di male... forse si credeva sicura di qualunque pericolo...

– Eh! cara mia – replicò Clarenza scrollando leggermente il capo – tutte ci crediamo sicure!... E il mondo? non lo conti per nulla? il mondo che è così chiacchierino, così pettegolo, così mettibocca?...

La Norina guardò in viso la sorella: e dette improvvisamente in una grandissima risata, mostrando trentadue denti di sfavillante bianchezza...

– E ora, di che ridi? – domandò Clarenza impermalita.

– Rido di te!

– Imbeci...!

Clarenza si riprese a tempo, e non finì la scortese parola.

– Tu che critichi tanto il poco giudizio dell'Emilia – continuò la Norina – mi sapresti dire, allora, perché hai ceduto a Mario il quartierino di nostro fratello?

– Che discorso è codesto?... vorresti forse paragonare me coll'Emilia? L'Emilia sarà una buona donna... e una bravissima donna... ma in fondo in fondo, è una donna come ce ne sono tante. Quanto poi a me! (e qui alzò la voce) – posso dirle, cara la mia signora, che io mi sento sicura e sicura davvero...

– Tutte ci sentiamo sicure!... – soggiunse l'altra, con finissima canzonatura! ma poi, non c'è forse il mondo? quel mondaccio che è così lesto di lingua?...

– Il mondo sa con chi deve pigliarsela, e chi deve rispettare; il mondo sa che vi sono delle mogli che non ammettono nemmeno il sospetto. Per tua regola io sono come la moglie di Cesare.

– Di che Cesare?...
– Di Cesare, romano.
– Huh!... – fece la Norina, che era debolissima nella storia romana! forse l'avrò conosciuto questo Cesare, ma ora non ne lo ricordo!...
In questo mentre entrò nella sala il marito di Clarenza. Federigo era uomo sulla quarantina: non elegante, ma pulito: vegeto, liscio e colorito, come una melarosa: una di quelle fisonomie comunissime che, quando si vedono la prima volta, pare di averle incontrate le molte volte e conosciute sempre.
– Finalmente!... – disse entrando in sala e andandosi a buttare tutto di un pezzo sulla poltrona, che era dinanzi al caminetto.
– Che cos'hai fatto?... – domandò Clarenza, senz'ombra di curiosità, quasiché conoscesse a memoria la risposta.
– Non ne posso più... sono stanco, sfinito. Da stamani in poi non ho avuto un momento di respiro. Cara mia – continuò, passandosi e ripassandosi il fazzoletto bianco dal principio della fronte fino a quattro dita dietro la nuca, sopra una strisciata di cranio lucido e pulito, quasi fosse d'avorio – cara mia! la popolarità, non lo nego, ha le sue dolcezze e le sue grandi soddisfazioni, ma pur troppo è seminata anche di noie e di dispiaceri. Se io avessi un figliuolo, gli direi contentati della modesta oscurità, e non far come tuo padre! Quando un uomo ha fatto tanto di diventar necessario al suo paese, addio pace, addio tranquillità, addio benessere. Per lui non c'è più bene, né giorno, né notte.
– E ora di dove vieni? – domandò Clarenza.
– Esco in questo momento dal Comitato elettorale. Finalmente, se Dio vuole, abbiamo trovato il nostro candidato.
– E sarebbe?
– Il marchese Sorbelli...

– Credevo qualche cosa di meglio – fece la Norina, torcendo un po' la bocca – il marchese non è passato mai per un'aquila.

– Non sarà un'aquila – riprese Federigo – ma però è un uomo di carattere: tutto d'un pezzo. Non l'ho mai sentito dir bene di nessun Ministero!

– Parla bene? – chiese Clarenza.

– No – rispose il marito con la serietà dell'uomo che se ne intende – no: parla piuttosto male: ma legge benissimo: e questo è un gran requisito per un oratore. Voglio fargli un partito...

– Saprai che fra qualche giorno avremo qui Sua Eccellenza!... – disse Clarenza, appoggiando la voce con ironia su quest'ultime parole.

– Lo so, lo so! L'ho visto dai giornali.

– M'immagino che verrà qua per le elezioni?

– Si capisce bene. Un po' per l'elezione e un po' per albagia. Fa tanto piacere di ritornar ministri, nel paese dove siamo nati, e dove per tanti anni siamo stati uomini, come tutti gli altri.

– A proposito dei ministri – interruppe la moglie, con disinvoltura – sai chi abbiamo per ospite in questo momento?

– Chi?

– Il nipote di Sua Eccellenza.

– Mario?

– Lui in persona.

– Sapevo che Mario era qui – continuò Federigo – ma non sapevo che fosse alloggiato in casa nostra.

– Gli ho ceduto il quartiere di Carlo: ho fatto male?

– Hai fatto benissimo; sono avversario politico del ministro: ma voglio bene a quest'altro. Povero Mario!... in questi giorni ha avuto per casa una bella burrasca.

– Come lo sai?

– Ho ricevuto una lunghissima lettera dalla madre dell'Emilia.

– A quanto pare, è stata una cosa seria – disse Clarenza.

– Seria no!... – rispose Federigo – ma poteva diventar serissima. Risulta dai documenti che per ora si trattava semplicemente d'una chiassata... d'un amor platonico...

– Allora è un'inezia! – soggiunse la Norina, facendo colla bocca un certo garbo, come se volesse dire: «non c'è sugo!».

– Un'inezia? – replicò vivacemente Federigo – adagio un poco con quell'inezia!... Bisogna persuadersi, cara mia, che fra l'amor platonico e l'amare... senza Platone, c'è appena la distanza che divide il sigaro dalla cenere.

– Pare impossibile – osservò Clarenza, tenendo gli occhi incantati e fissi verso terra. – Non l'avrei mai creduto!... E la madre dell'Emilia che cosa scrive?

– Mi scrive un monte di cose... Mi scrive, che questa giuccheria avrebbe potuto benissimo restare abbuiata fra le pareti domestiche... ma quel benedetto figliuolo di Mario, credendo di tutelare il proprio onore, ne volle fare per forza una scena da teatro diurno... Mi scrive che l'Emilia è disperata, che non fa altro che piangere giorno e notte... e finisce in fondo col raccomandarsi a me perché veda di trovare il verso di rimettere d'accordo questi due sciagurati.

– Pensaci bene, prima! – disse Clarenza, appoggiando la voce su quest'avvertimento.

– A che cosa?

– Non ti caricare di legna verde. Se fossi in te me ne laverei le mani.

– No davvero: mi ci voglio provare. Se non riesco, pazienza; mi terranno conto della buona volontà. Si è veduto Valerio?

– Valerio? Che deve venir qui? – domandò Norina.

– Così mi ha promesso! Ho da consegnargli queste carte... – e Federigo si levò di tasca un involto di fogli e andò a posarli sulla mensola del caminetto: poi, voltandosi verso la giovine cognata, che lo guardava fisso, seguitò sorridendo:

– Sai, Norina, che or ora, tornando a casa, m'è venuta per il capo una curiosa idea?...

– Un'idea? Sentiamola.

– Se io tentassi...

– Male! male... – interruppe l'altra.

– Lasciami finire, che Iddio ti benedica; se io tentassi – si capisce bene a tutto mio rischio e pericolo – di... riattivare le buone relazioni, come diciamo noi altri uomini politici.

– Tempo perso, Federigo! Te l'ho detto mille volte; e oggi te lo ripeto: non mi voglio rimaritare.

– Ne sei sicura?

– Sicurissima.

– Norina! tu fai uno sproposito.

– Pazienza! Maritandomi, ne farei due: uno per conto mio, e un altro per conto di quell'infelice...

– Ma la ragione di questa tua ostinazione?... – domandò Federigo, quasi riscaldandosi.

– Te la dirò io – soggiunse Clarenza, collocandosi fra il marito e la sorella.

– Sentiamo un poco la celebre indovinatrice! – gridò con bizzosa ironia la Norina. – Peccato che tu non faccia anche i lunari e che tu non venda i numeri per il lotto!...

Clarenza, ridendo della bizza della sorella, si piegò verso l'orecchio di Federigo, sussurrandogli abbastanza forte, per essere intesa:

– Tutto fiato buttato via: la tua signora cognatina ha sempre qualche speranza!...

– Speranza di che?... Ah! ora capisco! – disse Federigo, in atto di rammentarsi qualche cosa – ma, se non sbaglio, quella oramai è una speranza fallita.

– Un momento – interruppe la Norina, facendosi seria: – dichiaro che io non ho nessuna speranza: ma casomai l'avessi, non vedo perché si dovrebbe chiamare una speranza fallita.

– Dunque non sai nulla?...

– C'è forse qualche cosa di nuovo?

– Mi dispiace doverti dire che il marchesino di Santa Teodora, fino da ieri, è officialmente fidanzato della figlia del console americano.

– Lo sai di certo?

– Di certissimo. Me l'ha detto un'ora fa, alla Borsa, il segretario stesso del Consolato.

Ci furono due minuti di profondissimo silenzio. Poi la Norina, alzando il capo, domandò:

– È bella la sposa?

– Bella no – replicò Federigo – ma un modello di virtù e di dote. Cinquantamila franchi di rendita.

La Clarenza che, vedendo la sorella mortificata e confusa non poteva dissimulare un risolino di consolazione, diffuso per tutta la faccia, disse interrompendo:

– Io vado a prendere la chiave del quartierino di Carlo. Voglio vedere da me stessa se ogni cosa è all'ordine.

E uscì dalla sala.

Rimasti soli – la Norina e Federigo – quest'ultimo domandò alla sua giovane cognata, che era rimasta quasi interdetta:

– A che cosa pensi?

– Penso a quella povera disgraziata.

– A chi?

– Alla figlia del console... Secondo me non poteva capitar

peggio. Il marchese di Santa Teodora passa per un giovane di spirito, ma in fondo non è altro che un imbecille. Figurati se io lo conosco bene!...

– Sono tutte cose, che io l'ho dette prima di te. Eppure... scommetto che l'avresti preferito a Valerio...

– Domando scusa: fra carattere e carattere non c'è confronto. Valerio è un uomo: e quell'altro è un ragazzo.

– Questo si chiama ragionare! Ah! Norina! Peccato che tu non abbia intenzione di rimaritarti!...

– Chi l'ha detto?

– Io no.

– Nemmen'io.

– Si vede, che non avrò capito bene! – disse Federigo, con accento di falsa mortificazione.

– O forse sono io, che mi sarò spiegata male. Insomma, ho voluto dire che io non intendo di rimaritarmi fino a tanto che non trovo una persona che mi vada a genio.

– Dico la verità: vorrei un po' sapere perché quel povero Valerio ti è tanto antipatico?

– Ho non ho mai detto che mi sia antipatico... dico soltanto, che non mi piace. È troppo serio, troppo sostenuto...

– Ma un'eccellente persona.

– Non c'è che dire: ma suscettibile, permaloso, delicato peggio d'una donna!...

– Eppure – continuò Federigo, accostandosi e insistendo con un certo interesse – eppure, vedi, quantunque tu l'abbia trattato piuttosto male, sono convintissimo che basterebbe una tua mezza parola, perché... si potessero ripigliare le trattative, come diciamo noi altri uomini politici.

– Con un superbiosaccio di quella fatta?... Mi pare un po' difficile.

– A buon conto, Valerio è stato innamorato morto di te...

e l'amore, quando è stato di quello buono, è come le malattie di petto, ha la convalescenza lunga. Aggiungi poi che Valerio ha per me della gratitudine... della deferenza... Insomma, per farla finita, io scommetto che avrei accomodato ogni cosa.

– Bada, Federigo. Io, invece, ho una gran paura che ti saresti fatto canzonare.

– Sei contenta che mi ci provi?

– Padrone! Provati pure.

– Ma se, per caso, arrivo a convertirlo, spero che non mi farai fare la figura del Pulcinella.

– Diavol mai! Non son mica una bambina!

In questo mentre, Francesco si presentò sulla porta ed annunziò: – Il signor Valerio.

– A tempo! – disse Federigo.

– Io scappo! – soggiunse l'altra, sottovoce.

– Sarà una vittoria, o un fiasco? Che cosa ti dice il cuore?

– Come c'entra il cuore in queste ragazzate?... – replicò vivacemente la Norina, e sparì.

Valerio entrò in sala. Era un giovine fra i trenta e i trentacinque anni: di statura mezzana: né bello, né brutto. Parlava adagio, rideva poco, camminava sempre dello stesso passo, e vestiva da un anno all'altro di nero. Queste quattro grandi qualità gli avevano procurato la reputazione di negoziante onesto, il posto di consigliere municipale e il grado di capitano nella guardia cittadina.

– Ecco, Valerio, il nostro piccolo contratto bell'e firmato – disse Federigo, porgendogli il quaderno che aveva posato, un quarto d'ora prima, sul caminetto.

– Andava bene? – domandò l'altro.

– Egregiamente.

– Ora, signor Federigo, non mi resta altro che ringraziarvi del vero favore che mi avete fatto.

– Di quale?

– Di avere acconsentito a rimanere per una piccolissima parte interessato nella mia casa commerciale.

– Si capisce bene, che è un segreto fra noi due. Io non voglio comparire in nulla, né impicciarmi di nulla.

– A me, mi basta di sapere che siete mio socio. Ecco la gran parola, la quale, se non foss'altro, mi pare che debba portarmi la buona fortuna.

– Oggi non siamo che soci di commercio! – soggiunse Federigo, pigliando a braccetto l'amico. – E dire che avremmo potuto essere qualche cosa di più!... fors'anche parenti!...

– La colpa non è stata mia.

– Non ci confondiamo. C'è stata un po' di colpa da tutte e due le parti. Ma nulla di serio: il gran nulla. Tant'è vero che io ho creduto sempre – e lo credo anch'oggi – che con un po' di buona volontà si potrebbe ristabilire l'entente cordiale, come diciamo noi altri uomini politici.

– Impossibile! Assolutamente impossibile!...

– E perché?

– Facciamoci a parlar chiari, signor Federigo. Io non sono più un ragazzo. Sono un uomo. La mia dignità personale non mi permette di far simili figure. No, no: quando abbiamo presa una risoluzione – bisogna che sia quella. Caso diverso, che cosa dovrebbe dire il mondo di me?

– Benedetto questo mondo! Lasciatelo dire: eppoi finirà col seccarsi la gola.

– Non posso!

– Ma perché?...

– Perché?... Ci sono certe cose che si sentono, e che non si possono ridire colle parole. Questi pentimenti, questi ritornelli sono perdonabili nelle persone leggere, negli uomini di poca conseguenza. Quanto a me, vi confesso il vero, mi parrebbe di diventar ridicolo; mi parrebbe di far la parte di Don Fulgenzio negl'*Innammorati* di Goldoni.

– Che ostinato!

– Avete ragione: mille ragioni. Disgraziatamente il mio carattere è di quelli che si spezzano, ma non si piegano. Piuttosto soffro: mi rodo dentro di me; ma una debolezza, una ragazzata, mai!

– Mi dispiace. Proprio mi dispiace!

– Dispiace anche a me: ma, ve lo ripeto, la colpa non è mia: la colpa è tutta della signora Norina...

– E con qual diritto il signor Valerio si permette di giudicare le mie azioni? – domandò la Norina, entrando improvvisamente nella sala.

– Domando scusa: io dicevo... – balbettò Valerio, voltandosi tutto confuso.

– È forse lei il mio fidanzato?

– No davvero.

– Il mio tutore?

– Nemmeno per sogno.

– Il mio direttore spirituale?

– Dio me ne guardi!

– Dunque vorrei un po' sapere con qual diritto il signor Valerio si occupa tanto di me?

– Ecco... le dirò... Prima di tutto bisogna sapere che il signor Federigo in questo momento, stava insistendo per persuadermi...

– So tutto.

– Tutto – replicò Valerio, maravigliato. – Com'è possibile?

– Ripeto, che so tutto...

– Ma si tratta di una conversazione confidenzialissima, fatta ora, qui, fra noi due, a quattr'occhi...

– Non importa: per una certa combinazione ho inteso tutto.

– La solita combinazione... di stare a sentire – borbottò fra i denti Federigo, ammiccando comicamente la sua giovane cognata.

– Prima d'ogni altra cosa – seguitò a dire la Norina collo stesso tuono di voce e colla stessa velocità di parola – debbo osservare che Federigo non ha diritto d'impicciarsi degli affari miei; e che ha fatto male, anzi malissimo...

– Mi basta la sinfonia: il resto dell'opera me lo figuro! – interruppe Federigo; e colto il pretesto, se la svignò.

– Non c'è dubbio. Mio cognato ha fatto malissimo a insistere con tanto calore su questa... sciocchezza. Dio sa che cosa vi sarete figurato!...

– Io?...

– Che cosa vi sarete messo per la testa! Forse nella vostra infinita vanità, avrete creduto che io mi struggessi proprio dalla passione!...

E la Norina accompagnò queste ultime parole con una risata quasi impertinente.

– Vi pare! – replicò modestamente Valerio.

– Forse vi sarete immaginato che io non potessi vivere senza di voi.

– Prego, signora Norina...

– Che, perduto voi, per me non ci fosse più speranza di trovar marito.

– Tutt'altro, tutt'altro.

– Ebbene, ricredetevi. Vi siete ingannato all'ingrosso. Voi – (e qui la Norina cambiò accento e abbassò leggermente la voce) – voi, ne convengo pienamente, siete una persona rispettabilissima: negoziante onorato...

– Troppo buona.

– Consigliere municipale...

– Grazie.

— Capitano della guardia nazionale. Insomma siete un giovine pregevole per mille titoli: ma credete forse di essere il solo?

— Non l'ho mai pensato.

— Voi valete molto, non c'è dubbio: ma credete forse che non ci sieno molti altri che valgono quanto voi?...

— Chi ne dubita?

— Siamo schietti, una volta! – disse Norina, mettendosi a sedere, e accennando a Valerio di accomodarsi. – Raccontiamo la cosa, come sta; voi siete venuto in casa mia: mi avete fatto un po' di corte, come fanno tutti: finché un bel giorno, non so il perché, avete finito col chiedere la mia mano.

— Ed ebbi il vostro pieno consenso – soggiunse subito Valerio.

— Non corriamo troppo – replicò la Norina. – In quanto a questo pieno consenso, adagio. Non vi dissi veramente né sì, né no. Se ve lo ricordate bene, pigliammo tempo a riflettere e a studiare reciprocamente i nostri caratteri.

— Non mi pare che andasse precisamente così.

— Vi dico che andò così.

— Sarà come dite – soggiunse Valerio, piegando il capo in atto di sommissione forzata – mi dispiace, che disgraziatamente in certi casi, non si può consultare nemmeno il processo verbale.

— In quel frattempo – continuò la Norina, accavallando una gamba sull'altra, e facendo uscire di fondo al vestito la punta di un elegantissimo stivaletto di marrocchino dorato. – In quel frattempo, venne presentato in casa nostra il marchese di Santa Teodora... un giovine educato... distinto...

— Anzi, distintissimo.

— Era mio dovere mostrarmi gentile con lui, come con tutti gli altri.

– Forse...
– Forse che cosa?
– Forse un po' troppo gentile!...
– Troppo?.. Non me ne accorsi mai.
– Me ne accorsi io!
– Difatti, ne pigliaste ombra... e cominciaste subito a fare l'adirato... il fiero, il cattivo...
– Cara Norina, era una questione di sentimento.
– Ma che sentimento? era una questione di vanità, tutta di vanità. Vi sono degli uomini che a lasciarli fare, pretenderebbero dalle donne l'adorazione perpetua.
– Io non sono di questi uomini! – disse Valerio con fierezza.
– Né io di quelle donne! – replicò l'altra. – Il fatto sta che il vostro contegno, sostenuto e quasi disprezzante, cominciò a impormi una certa freddezza...
– Norina! chiamiamola freddezza.
– Amico mio, se voi andate in cerca di amori a grande effetto, di passioni teatrali, di sentimentalismi al chiaro di luna, io non sono la donna per voi. Io amo il ritegno e la compostezza, in tutto, anche nell'amore!
– Mi sarò ingannato.
– Il fatto, mi pare, parla chiaro da sé: dopo poche settimane, il marchese di Santa Teodora, forse in grazia della mia troppa cortesia, a suo riguardo! cominciò a diradare le visite e finì coll'allontanarsi del tutto. Oggi poi, come forse sapete, è promesso sposo della figlia del console americano.
– Ma perché, Norina, non vi degnaste allora di togliermi dal mio inganno? di farmi vedere il mio errore? l'insussistenza de' miei sospetti? la stranezza della mia fissazione?
– Io? Dio me ne guardi. Piuttosto la morte, che scendere all'umiliazione di giustificare la mia condotta. Non ve lo nascondo, Valerio: i vostri dubbi... i vostri sospetti, mi hanno

offeso... mi hanno fatto male! molto male. Ma non importa. Non sentirete mai sulle mie labbra un lamento, né una parola di rimprovero. Oggi che fra noi due tutto è finito – tutto! – posso parlare liberamente... e ne ringrazio Iddio. Questo sfogo, vedete, mi toglie dal cuore un'oppressione dolorosa!...

– Norina, e perché avete detto che fra noi tutto è finito?

– Curiosa domanda!

– E non potrei ridomandare il vostro affetto e la vostra mano?

– Valerio! non vi consiglio a farlo. A un uomo, come voi, a un uomo del vostro carattere, certi sentimenti non convengono. Sono cose scusabili appena a diciott'anni.

– Non capisco – insisté Valerio, mortificato. – Non sarò dunque padrone di riconoscere che mi sono ingannato? che ho avuto torto?

– Padronissimo! Ma il mondo!... che cosa dirà il mondo?...

– Il mondo dirà quel che vuole. Alla fin dei conti, io non sono schiavo delle ciarle dei pettegoli e degli oziosi.

– Pensateci bene, Valerio. C'è il caso che i begli spiriti vi paragonino al Don Fulgenzio di Goldoni.

– Mi faranno ridere di compassione.

– Come! voi, così misurato, così pauroso dei cicaleggi e delle cronache dei maldicenti, oggi mi venite fuori a fare l'indipendente?... l'uomo che se la ride?... Ditemi Valerio: non volete per caso prendervi giuoco di me?

– Norina! – disse Valerio in atto supplichevole, pigliando la mano della sua graziosa interlocutrice, e stringendola con passione.

– Non vi credo. Lasciatemi.

– Ascoltate!...

– Non voglio sentir nulla.

– Norina! una parola... una sola parola... vi supplico... vi scongiuro... – e nel dir così accadde a Valerio quel che per il solito accade agli innamorati sulla scena: si trovò, senza avvedersene, quasi in ginocchio dinanzi alla sua bella.

In questo punto entrò nella stanza Clarenza. Valerio si rizzò in piedi colla velocità d'una molla d'acciaio.

– Scusate, amico – disse Clarenza, ridendo – mi dispiace di avervi scomodato. Restate pure in ginocchio: non fate complimenti. Buone nuove, a quel che pare?

– Sì – rispose la Norina. – La pace è firmata: ma non gli ho ancora perdonato il grandissimo torto che mi ha fatto...

– Non ne parliamo più – interruppe Valerio. – Sarà mia cura di farmelo perdonare.

– E così?... – domandò Federigo, soffermandosi sulla porta.

– Vieni avanti. Tutto è accomodato. Bisogna pensare daccapo a questo regalo di nozze – disse Clarenza, mostrandosi molto più allegra della sorella.

– Bravi! così mi piace! – soggiunse Federigo, mettendosi in mezzo ai due fidanzati. – Già io l'avevo detto sempre: fra quei due ragazzi ci dev'essere un equivoco, un malinteso...

– E difatti era un malinteso – disse Valerio. – A proposito – ripigliò il marito di Clarenza – scusa se salto di palo in frasca: ma qui non c'è tempo da perdere, bisogna cominciare a occuparsi di queste elezioni.

– Quanto a me, son pronto. Ma...

– Ma che?

– Debbo dirlo con tutta franchezza? mi pare che il nostro candidato abbia pochissime simpatie, qui in paese.

– Gliele procureremo.

– Il marchese Sorbelli è un galantuomo: ma bisogna convenire che ha addosso una gran tara.

– Quale?

– La moglie. La marchesa è antipatica a tutti.

– Sta un po' a vedere, da qui in avanti, bisognerà che un candidato abbia anche la moglie simpatica, se vuole essere eletto!...

– Non dico questo.

– La marchesa, ne convengo anch'io, è un po' superba, un po' cattedratica, ma del resto è una donna di molto merito... e vale molto più di suo marito. Anzi, fra pochi minuti l'aspetto qui.

– Che cosa vuole da te? – domandò Clarenza.

– Vuol farmi sentire il manifesto elettorale di suo marito... vuol sapere se ci trovo nulla da ridire. Una bella garbatezza, non è vero? Lo spettacolo di questa aristocrazia, che viene a bussare alle porte della borghesia, in cerca di consigli, mi fa sperare bene dell'avvenire del paese.

– Sento dire che il deputato governativo ha fatto molti proseliti. Fra qualche giorno avrà anche il rinforzo del ministro in persona – disse Clarenza.

– Che venga questo signor ministro – replicò Federigo – io lo attendo a piè fermo. Non vedo l'ora di misurarmi con lui.

– Davvero – soggiunse Clarenza, – che quei signori del Ministero non hanno diritto di averti per amico! Ti hanno trattato, come il bidello del municipio.

– Come c'entra l'avermi trattato in un modo piuttosto che in un altro? Qui non è questione di persona; è questione di principii, cara mia: i principii passano, e le persone...

– Ovvero – soggiunse Clarenza – i principii restano, e le persone...

– Domando scusa! – gridò Federigo. – Sono le persone che restano...

– Non voglio contraddirti – osservò modestamente la moglie – ma ho sentito dir sempre: le persone passano, e i principii restano.

– Hai sentito dir male; moltissimo male perché io, invece, ho veduto sempre che i principii passano e le persone restano. In ogni modo, che venga il signor ministro e ci riparleremo.

– Il signor Mario – disse Bettina, affacciandosi sulla porta di mezzo.

– Caro Federigo; io sono tuo ospite – disse Mario, stendendogli la mano.

– È un regalo che Clarenza mi ha improvvisato – replicò l'altro, abbracciandolo e baciandolo.

Mario, avendo veduto Valerio e la Norina che parlavano fra loro, in strettissimo colloquio, si voltò sorridendo a Clarenza, domandandole sottovoce:

– Sbaglio, o mi era stato detto che fra quei due signori?...

– Verissimo – rispose Clarenza – ma oggi è cambiato improvvisamente il vento...

– Compatisco la Norina! – aggiunse Mario; – è una donna, e la donna è sinonimo di debolezza; ma mi fa meraviglia di lui! – (e accennò Valerio).

– Caro mio – replicò la moglie di Federigo – se sapeste alle volte come sono buffi gli uomini seri!

– Ho avuto in questo momento una lettera dalla tua suocera – sussurrò Federigo, avvicinandosi piano piano all'orecchio del conte.

– M'immagino che cosa ti avrà scritto! Che ne dici eh? Una donna che adoravo e per la quale avrei messo tutte e due le mani nel fuoco.

– Cose di questo mondo, amico mio! Il proverbio lo dice: chi non vuole infarinarsi, non vada al mulino.

– E quello scellerato?...

– Tieni a mente, Mario! sono appunto gli amici, dai quali

bisogna guardarsi... Ma siamo giusti: come mai un uomo di spirito, che ha per moglie una graziosa donnina, può pensare a mettersi per casa?...

– Lo so! Lo so!

– Mario, è stata grossa. A me, dico la verità, non mi sarebbe accaduto dicerto. Ci vuole occhio, capisci, occhio! Debbo per altro dirti che mi son preso l'incarico di aggiustare ogni cosa e di riconciliarvi.

– Per carità, non parliamo di riconciliazione. Sento il sangue che mi va alla testa.

– Basta così, ne discorreremo a tempo opportuno.

– Voltati in qua – disse a un tratto Clarenza, pigliando suo marito per un braccio, e dandogli un'occhiata da capo ai piedi.

– Che cosa c'è di nuovo? – domandò Federigo.

– Nulla di nuovo – rispose l'altra. – Anzi, le solite cose: la solita camicia sbottonata, la solita cravatta, messa senza garbo né grazia!... Pare impossibile che tu non abbia da avere un po' di amor proprio... Dice bene una certa persona, – (e Clarenza guardò alla sfuggita Mario) – a non sapere chi sei, ci sarebbe da scambiarti per un fattor di campagna, o per un negoziante d'olio.

– Guarda quanti casi, stamani! Eppure sono stato sempre così.

– Hai fatto sempre male!

– Bisognava dirmelo prima.

– Te lo dico oggi e basta. Se non vuoi avere nessun riguardo per te, potresti averne almeno un poco per tua moglie... mi pare!...

– Io non ci capisco più nulla – disse Federigo sottovoce al conte. – È la prima volta che Clarenza fa una scenata simile.

– Donne, caro mio, donne: vale a dire sciarade ritte sopra

due graziosi piedini (quando son graziosi): rebus difficili a spiegarsi, e che una volta spiegati, si vede bene che non son altro che una formula di vanità, o un'operazione di calcolo infinitesimale!

– Clarenza – soggiunse Federigo – è un'ottima donna: ma, pur troppo, la vanità è stata sempre il suo lato debole. Ella avrebbe avuto bisogno di nascere regina e di avere sposato il re dell'universo. All'opposto di me. Io, invece, posso avere tutti i difetti del mondo; ma la vanità non l'ho mai conosciuta.

– Davvero?...

– Mai! e te lo provo col fatto. Vorrei vedere un altro che fosse stato trattato come sono stato trattato io! Tu sai quel che mi costa l'Italia; ebbene, credi tu che lassù al Ministero abbiano dato segno di accorgersi che io sono nel mondo dei vivi?...

– Lo so, è un'ingiustizia; e voglio che ci sia rimediato. Ho scritto apposta al mio zio... riserbandomi poi a parlargliene a voce, quando sarà qui.

– Intendiamoci bene – disse Federigo, cambiando tuono di voce – se ti ho fatto questa confidenza inconcludente, non vorrei che tu potessi credere...

– Ti pare.

– Non ho chiesto mai nulla! e non voglio nulla! Lo sai di che panni ho vestito sempre: non ho dato mai nessun peso e nessuna importanza ai ciondoli. Mi son parsi sempre balocchi per i ragazzi...

– Eppure, se te ne mandassero uno... – disse Mario, sorridendo.

– Lo rimanderei. Oh! lo rimanderei, senza dubbio: è una questione di principio.

– Quand'è così, è inutile affatto che io spedisca la lettera...

— L'avevi di già scritta?
— Eccola qui: leggila e strappala.
— To'! mi meraviglio. Non ho mai strappato le lettere degli altri. Ecco una lettera, che entrerà probabilmente nel limbo delle lettere destinate a non aver mai nessuna risposta.
— Pazienza. E ora dimmi una cosa. A che ora passa di qui il treno postale?
— Alle tre precise.
— Sono le due e mezzo – disse Mario, guardando l'orologio. – Per oggi, non c'è più il tempo d'impostarla. La imposterò domani.
— Sì, sì, – replicò Federigo – puoi impostarla domani, doman l'altro, quell'altro, fra una settimana, fra un mese... Tanto è una lettera di nessuna urgenza.
— Di nessunissima.
— Per altro... ti faccio osservare che se la lettera premesse davvero...
— Ma se ti dico che non preme!
— Voglio dire, che se la lettera premesse davvero, si sarebbe in tempo a impostarla anche oggi.
— Come?
— Basterebbe mandarla alla stazione. Vuoi che la mandiamo?...
— Non mette conto.
— Perché vuoi fare dei complimenti con me?
— Non faccio complimenti. È una lettera di quelle che non aspettano risposta. La posso impostare domani, o quando me ne ricorderò – disse Mario, facendo lo svogliato.
— Dammi qua la lettera – insisté Federigo. – Così non foss'altro, ti levo un pensiero.
— Lascia correre: non c'è premura.
— Dammi qua la lettera. Ehi! Francesco! – E il servitore

comparve sulla porta.

– Porta subito quella lettera all'ufficio postale della stazione.

– E il francobollo? – disse Francesco.

– Non vedi che è indirizzata al ministro? Prendi una vettura e spicciati.

– E se non facessi in tempo?

– Dammi qua, imbecille – disse Federigo, strappandogli la lettera di mano – a lasciarti fare, saresti capace anche di perderla.

E il marito di Clarenza prese in fretta e furia il suo cappello e il suo paletot.

– Dove vai? – domandò Mario.

– Lascia fare a me. A quest'ora, ero bell'e tornato. Se per caso arrivasse in questo frattempo la marchesa Sorbelli, che mi aspetti, fra due minuti son qui.

– Dov'è andato Federigo? – chiese Clarenza a Mario.

– Alla stazione. Ha voluto portar da sé la mia lettera per il ministro.

– Vi ringrazio Mario delle vostre premure... non tanto per me... quanto per mio marito. Quell'uomo oramai se n'è fatta una fissazione.

– Buon uomo, quel Federigo – disse Mario, incominciando un colloquio confidenziale e a mezza voce con Clarenza, mentre la Norina e Valerio ragionavano fra loro nell'angolo opposto della stanza – gran buon uomo quel Federigo!

– Una perla d'uomo! Per la nostra famiglia è stato qualche cosa di più d'un padre. Insomma, è lui che pensa a tutto, è lui che ha fatto una dote alla Norina, è lui che mantiene Carlo agli studi.

– Eccellente cuore!... Peccato che abbia la figura un po' volgare... un po' ordinarietta... Quanto stacco, Clarenza mia, fra voi e lui. Voi la foglia fine e delicata della camelia, lui, il gambo inelegante di qualche pianta grassa.

– Oramai è così – disse Clarenza, sospirando.

– Pare impossibile – continuò il conte – che una mano delicata ed aristocratica, come la vostra, abbia voluto fare una scelta così... curiosa.

– Vi avverto, Mario, che non ho nulla da pentirmi! – replicò l'altra, assumendo una certa aria di dignità.

– Ecco una nobile protesta! una protesta, che fa moltissimo onore al vostro carattere e al vostro bel cuore. Ma ditemi un po', Clarenza, parliamoci qua a quattr'occhi e in tutta confidenza: se certe cose si potessero rifare due volte?...

– Se... se... se... Dando retta ai *se*, ci sarebbe da perdere la bussola e da dire un sacco di sciocchierie.

– Creatura divina! E pensare che la Provvidenza mi aveva messo dinanzi agli occhi l'unica fanciulla, che avrebbe potuto essere l'amore e la felicità di tutta la mia vita... e io, imbecille!... sono passati due anni, e ancora non so darmene pace. Vi rammentate Clarenza, di quei tempi famosi?...

– Me ne rammento pur troppo.

– E di quella famosa festa da ballo?...

– Anche di quella.

– Cattiva! eppoi avete il cuore di venirmi a dire che «acqua passata non macina più».

– Non son io che lo dico, è il proverbio.

– Quante volte ho pensato a voi!... quante volte vi ho veduta ne' miei sogni!...

– E l'Emilia? – domandò Clarenza, per dare un altro giro alla conversazione.

– Per carità, non me ne parlate – disse Mario.

– Sento dire che si sta già trattando per una riconciliazione.

– Mai, e poi mai! Fra me e quella donna c'è una barriera insormontabile.

– Lo credete davvero?

– Ne sono sicuro.

– Povera donna! Più imprudente, che colpevole. Credetelo, Mario, se fossi stata io nei piedi dell'Emilia, il vostro signor Giorgio non avrebbe dicerto trovato un quartiere disponibile in casa mia. Con me, no, mille volte no! A proposito di quartiere – continuò Clarenza, alzandosi in piedi – che cosa vi pare del quartierino che vi ho destinato?

– Un'oasi, un nido incantato.

– La vostra finestra, sul giardino, è appena due finestre distante dalla mia; tantoché alzandomi, la mattina, potrò darvi il buongiorno.

– Così potessi io sperare, la sera... mentre tutti dormono tranquillamente, augurarvi la buona notte – disse Mario, abbassando la voce, e stringendo la mano di Clarenza, con intenzione, come dicono i comici nel loro dialetto di palcoscenico.

– Ecco fatto, – disse Federigo, rientrando nella sala, tutto scalmanato – due minuti di più, e la lettera ci restava in tasca.

– Poco male – soggiunse Mario, continuando a fare l'indifferente.

– Pochissimo! – replicò il marito di Clarenza. – E la marchesa si è veduta?

– Ancora no.

– Sarebbe bella che mi mancasse. Dico la verità, questa poi me la legherei a dito.

– La signora marchesa Ortensia, – disse la Bettina, affacciandosi sulla porta.

– Ah! giusto, volevo dire – replicò Federigo, soddisfatto. – E dove l'hai fatta passare?

– Nel salotto verde.
– È sola?
– No, è col signor Leonetto.
– Mi pareva impossibile – osservò maliziosamente la Norina. – Vi pare che la marchesa possa uscir di casa una sola volta senza portarsi dietro il paggio?
– Con permesso – disse Federigo, aggiustandosi i capelli e il vestito, e uscendo fuori dalla sala.
– Bell'originale quel Leonetto – soggiunse il conte – sempre il medesimo sfatato.
– Dove l'avete veduto? – domandò Clarenza.
– L'ho incontrato ieri sera al Club.
– Sapete che è diventato direttore della *Gazzetta della Provincia*?
– Me l'ha detto lui. Leonetto non è un'arca di scienza: ma mantiene sempre giovane lo spirito.
– A me, mi è parso sempre una bella caricatura – soggiunse Valerio, – ha la smania di fare il cattivo, lo spirito forte, il nemico giurato del matrimonio.
– Nemico del matrimonio – domandò la Norina, ridendo, – io, invece, credo che se Iddio non gli tiene le sue sante mani in capo, corre in questo momento un gran pericolo di diventar marito.
– Davvero? – esclamarono tutti a una voce.
– Ci sono dei sintomi seri, molto seri! – continuò a dire la sorella di Clarenza. – Io so per esempio, che tutte le ore che gli restano libere, le passa in casa di quelle due signore (per un momento, le chiamerò così) che sono venute a stabilirsi qui da un mese, circa, e che furono raccomandate a lui.
– Non le conosco punto – disse Clarenza. – Sono belle?
– La figlia non c'è male: di sera, specialmente, non fa cattiva figura. Bionda, occhi celesti, un bel carnato: una ragazza,

insomma, che può piacere. Se Leonetto capita un momento di qua, vi prometto di farlo cantare.

– È permesso! – disse Leonetto, con giuoco comico e confidenziale, entrando in sala.

– Venite avanti, scapato – rispose la Norina – ne abbiamo sapute delle belle sul conto vostro. Come vanno gli amori?

– Quali amori?

– Animo, non fate il forestiero, non mi venite a fare il turco in Italia...

– In verità, non capisco...

– Come vanno gli amori con quella biondissima persona?...

– Gli amori? Ah! capisco bene, signora Norina, che voi mi calunniate.

– Tutt'altro.

– E potreste supporre che un uomo, come me, possa pigliare una passione per quella povera figliuola?...

– Io la conosco soltanto di vista, ma mi pare una bella ragazza.

– Un occhio di sole – replicò scherzando Leonetto.

– Figuratevi che fra le tante bellezze, ha anche quella di scambiare un occhio.

– Non è vero! Gli occhi mi son parsi bellissimi.

– Mi spiego! l'occhio sinistro della signora Armanda...

– Ah! si chiama Armanda?...

– Provvisoriamente!...

– Che lingua d'inferno!...

– Dicevo dunque che l'occhio della signora Armanda è intermittente: scambia soltanto quando il tempo sta per mutarsi.

– Proprio? – chiesero tutti dando in una gran risata.

– Figuratevi che io senza guardare il termometro, conosco

subito da quell'occhio, se il giorno dopo, uscendo di casa, avrò bisogno di prendere l'ombrello.

Un'altra risata generale.

– Tant'è vero, che io la chiamo l'occhio–Réaumur!

Terza risata prolungatissima.

– Siete un gran canzonatore – disse la Norina. – Ma badate, amico, che ne ho veduti cascare de' più forti di voi.

– Può darsi benissimo – replicò il giornalista, dondolandosi sulla persona – ma in quanto a me credetelo pure che non ci sono pericoli: il diavolo tentatore con me perde il ranno e il sapone. Vi dirò poi un'altra cosa: la signora Armanda, fisicamente parlando, non risponde punto al mio sogno, al mio tipo della donna ideale. Io amo la donna svelta come il palmizio: l'occhio nero; la fisonomia pallida e sofferente, i capelli neri; e soprattutto, moltissimi capelli.

– Non ha molti capelli, la signora Armanda?

– Povera figliuola! Ne ha trentatré e mezzo: a quaranta non ci arriva!

Altra risata, in coro.

– Peraltro – soggiunse la Norina – bisogna convenire che ha un bel carnato.

– Questo è vero! Si dipinge con gusto.

– Lo sapete di certo che si dipinge?

– Mi par di sì.

– Eppure – insisté la graziosa vedovella – duro fatica a crederlo. In ogni modo, bisogna convenire che è dipinta molto bene.

– Come un quadro del Tiziano – replicò Leonetto, con comica serietà. – Del rimanente poi, è una bravissima e buonissima figliuola.

– Bravissimo. Ora che l'avete demolita pezzo per pezzo, cominciate a dirne bene.

– La verità, sempre la verità!
– Mi fate una rabbia!...
– Ma il panegirico non è ancora finito. Armanda è istruita, di belle maniere, di un'educazione compitissima. Parla l'inglese e il francese perfettamente. Quando sta al pianoforte, ha la grazia di Chopin, la mano di Fumagalli, il sentimento di Dohler. Canta le cose di Schubert e di Gordigiani con un garbo inarrivabile. Sa tutto Byron a memoria. Disegna, ricama, monta a cavallo... insomma vi dico che nel complesso è una di quelle care donnine che io darei volentieri per moglie a mio fratello minore – se avessi un fratello.
– E la vedete spesso?
– Quasi tutti i giorni. La sua casa è per me un piede-a-terra, un simpatico rifugio dalle noie della politica...
– E dalla seccatura della marchesa Sorbelli.
– Per carità, dite piano, che non vi senta. Ha l'orecchio disgraziatamente così squisito!
– Avete paura, eh? – disse la Norina, ridendo. – Per altro, vi compatisco: la marchesa non è una donna... è un uomo!
– Non è nemmeno un uomo... – replicò Leonetto sottovoce – è un dragone. Quando la natura le dette i baffi, sapeva quello che faceva.
– Se vi sentisse, sarebbe capace di mangiarvi!...
– Povero amico – interruppe Mario in tuono scherzoso – non ci mancherebb'altro che tu ti dovessi trovare nel brutto caso d'essere inghiottito vivo!
– Non ti nascondo – rispose l'altro – che mi dispiacerebbe moltissimo a far da Giona in corpo a quella balena.
– A proposito – disse Clarenza – prima che mi passi di mente vi avverto, signor Leonetto, che oggi siete a pranzo da noi. Accettate?
– Con tutto il piacere.

– È un regalo che faccio al signor conte Mario.

– Sempre il tipo della cortesia, quella amabilissima Clarenza – replicò il conte, inchinandosi con galanteria.

– Domani sera, poi, faremo un po' di musica. Badate, Leonetto, di non mancare, sapete bene che siete necessario, indispensabile. Vi presento il primo tenore assoluto della nostra piccola Filarmonica di famiglia – disse la moglie di Federigo, volgendosi a Mario, e indicando il giornalista.

In questo punto, si udì la voce grave e sonora.

– Eccola – disse Leonetto, ricomponendosi, come fa l'alunno quando sente l'avvicinarsi del pedagogo. – Mi raccomando! fatemi il piacere di non scherzare...

– Vi pare. State tranquillo.

– La signora marchesa Ortensia – disse Federigo, presentando in sala una matrona sui quarant'anni, vegeta, forte, colorita, come un ufficiale di cavalleria di ritorno da una manovra a cavallo in piazza d'arme.

– Accomodatevi, marchesa – disse Clarenza, accennandole una poltrona in vicinanza del caminetto.

– Mi dispiace, ma non posso trattenermi – rispose la Sorbelli. – Vi saluto e scappo subito. Ho da fare mille bricciche: e prima di tornare a casa, voglio anche passare dalla mia amica la marchesa di Santa Teodora. Mi struggo di sapere con precisione le vere cause di questo piccolo scandalo.

– Di quale scandalo? – domandò la Norina.

– Come! non sapete nulla?

– Nulla.

– Allora, ve lo dirò io. È andato all'aria il matrimonio, già combinato, fra Rodolfo e la figlia del console americano.

– Proprio? – chiese la Norina, con interesse sempre crescente.

– Ve la do per sicura.

– E la ragione?...

– Non la conosco bene, ma suppergiù, me la figuro. Quel ragazzo di Rodolfo deve avere qualche amoretto clandestino... qualche impegno... qualche passioncella misteriosa...

– Dico la verità, me l'aspettavo...

– Che cosa?

– Che questo matrimonio non dovesse andare a finir bene. Abbiamo alle volte certi presentimenti curiosi!... – osservò la Norina, dissimulando a stento una vivissima compiacenza.

– Del resto marchesa – disse Federigo, facendosi in mezzo – in compenso di un matrimonio andato a monte, sono lieto di notificarvene uno, combinato appena un'ora fa! – e il marito di Clarenza accennò la Norina e Valerio.

– Scusa, veh, Federigo – soggiunse subito la giovane cognata, quasi fosse rimasta offesa – mi pare che tu abbia corso un po' troppo. Vorrei sapere come si fa a chiamarlo un matrimonio di già combinato?

– E non lo è forse? – chiese Valerio, a cui tremava quasi la voce.

– Domando scusa – replicò Norina tranquillamente: – è un matrimonio, che probabilmente si combinerà, ma che per ora non è combinato. Vi prego, marchesa, a notare questa piccola differenza. Ne convenite, Valerio?

– Convengo di tutto! – rispose l'altro; poi borbottò fra i denti: – Convengo anche che sono il primo imbecille dell'universo.

– E voi, signor Leonetto? – domandò Clarenza, tanto per divagare la conversazione. – Quando ci farete mangiare i confetti di nozze?

– Io marito? – replicò il giornalista, arricciandosi i baffi e dando in una gran risata. – Io marito? Credo che la cosa sarà un po' difficile. Per vostra regola, in questo mondo vi sono due istituzioni, che mi hanno fatto sempre paura: il matrimonio e il sistema cellulare! Tutte le volte che io penso ai poveri mariti mi vien fatto naturalmente di spargere una furtiva lacrima sulla loro sorte infelicissima. E dire che in America si è fatta una guerra ciclopica per l'abolizione della schiavitù dei neri, condannati alla coltivazione delle canne da zucchero e del cotone, mentre poi sul vecchio continente abbiamo anche oggi tanti milioni di schiavi bianchi, destinati a coltivare la moglie, una coltivazione, credetelo a me, non meno faticosa di quella delle canne da zucchero e del cotone.

Tutti risero per complimento.

– Le vostre solite esagerazioni – disse la Norina.

– Non sono esagerazioni; è una professione di fede schietta e leale. Io ho amato sempre la mia libertà, la mia indipendenza completa.

– Questo è verissimo – affermò la marchesa Ortensia.

– È una gran bella cosa – continuò Leonetto, infiammandosi sempre più – quella di sentirsi liberi, come la rondine nell'aria: padroni di sé, della propria volontà, senza dipendere da nessuno, senza nessuno che ci possa comandare!...

– Dunque, Leonetto, venite o restate? – domandò la marchesa, interrompendolo. – Io me ne vado.

– Se non avete bisogno di me, mi tratterrei per un cert'affare!... – rispose il giornalista con un po' d'esitazione.

– Fate pure! – replicò la Sorbelli, alzandosi e dandogli un'occhiataccia...

Leonetto, che capì l'antifona soggiunse subito:

– Cioè, marchesa, se mi permettete, vi accompagnerò fino dalla vostra cugina.

– Per me, ve lo ripeto, fate pure il vostro comodo – replicò l'altra con un tuono di voce ugualissimo e tranquillo. – Io sono affatto indifferente.

– Allora, Leonetto – disse Clarenza, – rammentatevi che alle cinque precise andiamo a tavola.

– Sarò puntuale, come il fato.

– Siete a pranzo qui, Leonetto? – domandò la marchesa, con flemma studiata, e guardando negli occhi il giornalista.

– Ho avuto il gentile invito pochi momenti fa... – rispose l'altro, dandosi l'aria della persona franca e disinvolta.

– Ma oggi non potete! – insisté la Sorbelli colla stessa flemma e col solito tuono di voce.

– Non posso?.. – e Leonetto, imbarazzato, soffiava sulla felpa del cappello, per dissimulare la propria confusione.

– Di certo, che non potete!... seppure non siete disposto a pranzare in due case, nello stesso giorno. Pensateci un po' meglio e forse vi ricorderete che mio marito, fino da due giorni fa, vi ha invitato per oggi a casa sua...

Leonetto stava per rispondere che non ne sapeva nulla: ma un'occhiata della marchesa bastò per richiamarlo al proprio dovere. Difatti balbettò, imbrogliandosi...

– Sì, è vero!... cioè, sarà benissimo: ma si vede che me l'ero dimenticato... Che volete che ci faccia? Sono così astratto, che i pranzi mi passano dalla mente, da un momento all'altro.

– Pazienza! – soggiunse la moglie di Federigo, che aveva capito ogni cosa. – Io non voglio privare la marchesa di un commensale così gradito. Sarà per un'altra volta. Fatemi peraltro il favore di non dimenticarvi la chiassata di domani sera. Vi aspettiamo immancabilmente, per cantare insieme il nostro famoso duetto dell'*Italiana in Algeri*.

– Non dubitate, eccovi la mano.

– Scusate se metto bocca nei vostri discorsi – osservò la marchesa, stentando la parola, e volgendosi al giornalista, – ma mi pare che domani sera non sarete libero che tardissimo. Rammentatevi che avete preso l'impegno di accompagnarmi

al ballo degli Asili infantili.
— Io?...
— Voi, voi! — ripeté l'altra, dandogli una occhiata d'intelligenza, che tradotta in lingua parlata, avrebbe dovuto dire: imbecille, rispondete a tono.
— Non mi pareva...
— Povero Leonetto! Si vede proprio che la politica vi ha fatto perdere affatto la bussola. Quasi quasi comincio a pentirmi di avervi procurata la direzione della *Gazzetta della Provincia*.
— Sarà... come voi dite... — rispose Leonetto, stringendosi nelle spalle — ... ma vi giuro sull'onor mio che non ne sapevo nulla... cioè, che me l'ero affatto dimenticato!...
— Dunque? — domandò Clarenza, annoiata di tutta quella commedia.
— Sono dispiacentissimo — rispose il giornalista, che per la vergogna era diventato quasi rosso, — ma domani sera non posso.... La marchesa mi assicura che le ho promesso di accompagnarla... al ballo degli Asili infantili... e la colpa è tutta mia, se me lo sono dimenticato...
— Signore e signori! — disse la Sorbelli, congedandosi, quindi uscì dalla sala, accompagnata da Federigo e da Leonetto.
Mentre il giornalista stese la mano alla Norina, in atto di dire addio, questa gli bisbigliò, sorridente — È una gran fortuna, amico mio, quella di essere liberi e indipendenti, come siete voi! almeno, non siamo mai padroni di far nulla a modo nostro.

PARTE SECONDA

È passato un mese, dal giorno in cui Mario venne accolto in casa di Federigo.

– Stasera si è fatto notte più presto del solito. Che ore sono? – domandò Clarenza alla Bettina che aveva acceso un gran lume a moderatore, in mezzo alla tavola.

– Le cinque suonate ora – rispose la vecchia.

– La Norina dov'è?

– Credo, in camera sua.

– Ne sei sicura?

– Mi par di sì.

– Senti, Bettina, fammi un piacere – soggiunse la giovine padrona, abbassando la voce e con tuono carezzevole. – Vai di là, e con qualche scusa accertati se la Norina è proprio in camera.

Appena Clarenza fu sola, cominciò fra sé e sé questo monologo:

– Quand'è uscito di casa, or ora, mi ha fatto il solito segno... dunque dietro la cornice ci dev'essere una lettera – (e dicendo così, voltò gli occhi verso un quadretto, chiuso in una cornice e attaccato nella parete di mezzo) – ... Già, di queste lettere non ne voglio più... è tanto tempo che lo dico... Questa è l'ultima di certo. Tutte le volte che devo montare sul canapè per frugare dietro a quella maledettissima cornice, m'entra la febbre addosso... Se non foss'altro, la paura! Con un frugolo per casa come la Norina, c'è da essere scoperti, senza neanche avvedersene! Almeno si levasse presto di fra i piedi, quella benedetta figliuola!...

– È in camera – disse la Bettina, sottovoce, rientrando nella stanza in punta di piedi.

– Mi basta così... voglio farle una celia. Puoi andartene.

E la Bettina uscì.

– Eppure, neppur'ora mi par d'essere sicura per bene – diceva Clarenza, guardando di qua e di là con sospetto, – un poco, sarà paura della Norina: ma un poco bisogna dire che è anche la coscienza... il rimorso di sapere che faccio una cosa... che non è bella. Dico la verità, io mi credeva più forte... Se credessi alle streghe, dubiterei che mi avessero stregata! Meno male che si tratta di ragazzate, di cose senza conseguenza... Eppoi non lo faccio per me... lo faccio per un altro, per dare a suo tempo una bella lezione a quel donnaiolo di Mario.

Intanto Clarenza, dopo aver dato un'ultima occhiata a tutti gli usci, che mettevano in sala, aveva abbassato il lume fino al punto di lasciare un fiochissimo barlume, ed era salita sul canapè.

Colla rapidità del baleno, ficcò una mano dietro al quadro, e prese un foglio che vi era nascosto: ma, quando fu per discendere, si spalancò improvvisamente la porta di faccia.

– Scommetto che sei stata tu, che mi hai mandata la Bettina in camera?... – gridò la Norina, con una voce squillante, che pareva un campanello.

– To'?... – rispose la sorella, rimasta zitta sul canapè e colle spalle voltate al muro.

– Prima di tutto, che cosa fai costassù per aria?

– Nulla... – soggiunse l'altra, che non trovava le parole per rispondere, – voleva vedere da vicino questa Niobe.

– Brava! E per vederla meglio hai abbassato il lume.

– Che cosa dicevi della Bettina?...

– Dicevo che scommetterei che sei stata tu che me l'hai

mandata in camera.

– Ebbene, sono stata io..., io in persona: e per questo?... – disse Clarenza, scendendo dal canapè e andando a rialzare il lume.

– Allora vorrei sapere perché quell'imbecille si mette a far la diplomatica, la furba, la misteriosa...

– Non capisco.

– Figurati, che è venuta a picchiarmi nell'uscio. Che cosa vuoi?, le domando. Niente, mi risponde, voleva sapere se stava bene. Allora ho mangiato la foglia, e ho detto subito: qui c'è sotto qualche cosa...

– E, com'è naturale, sei corsa subito in punta di piedi... per vedere... per bracare.... Chi lo sa che cosa ti sarai immaginato!

– Che cosa vuoi tu che m'immaginassi? Nonostante – seguitò la Norina, con un risolino impertinentissimo – mi ha fatto davvero una gran consolazione di vedere che tu ami la pittura, e che per goderla meglio, sei anche capace di montare sulle sedie e sui canapè, come fanno i ragazzi.

– Ah! se io fossi una gran signora – replicò Clarenza, facendo finta di non capire l'ironia maliziosetta di quelle parole. – Ah! se io fossi una gran signora, tappezzerei tutte le mie stanze di quadri.

– Io no: le tappezzerei di stoffa e di raso. È più pulito, e costa meno. I quadri mi piacevano da ragazza. Ti rammenti di quel *Mosè sul Sinai*, che nostro padre teneva nello studio? Anch'io, tutte le mattine, prima che lo studio si aprisse, avevo preso il vizio di montare sopra una seggiola per vedere il Mosè più da vicino. Ma sai perché? perché dietro la cornice del quadro ci trovavo per il solito qualche lettera dimenticata.

– Adagio un poco cogli scherzi, Norina – disse Clarenza, facendosi seria, – ti prego a credere che dietro la Niobe non c'era nessuna lettera.

– Lo credo bene, e quand'anche ci fosse stata, tu avresti avuto abbastanza giudizio per non lasciarla lì col pericolo che andasse nelle mani degli altri!

Le due sorelle si guardarono in faccia: e dopo essersi squadrate ben bene da capo ai piedi, finirono tutte e due col dare in una grandissima risata.

– A proposito dei propositi. E Valerio ha risposto? – domandò Clarenza, per mutar discorso.

– Volevo vedere anche questa che non rispondesse. Alle otto precise sarà qui, per accompagnarci al teatro.

– Povero Valerio: è il più buon diavolo di questo mondo.

– Fa il suo dovere, e nulla più.

– E tu non hai ancora deciso nulla?...

– Per ora no. Non ho nessuna fretta di rimaritarmi.

– Dimmi: spereresti per caso che il matrimonio di quella persona – (e Clarenza accompagnò la parola con un curioso balenìo degli occhi) – andasse a monte una seconda volta?...

– Io non ho bisogno di confessarmi. Dico soltanto che i casi sono più delle leggi... e che finché c'è fiato c'è speranza. Lo vedesti l'altra sera? Era in un palco quasi di faccia al nostro, con tutti i suoi futuri parenti... Non mi levò mai i cannocchiali d'addosso. E anche stasera la famiglia del console c'è di certo in teatro: il martedì e il giovedì non manca mai.

– E tu lo inviti per farti accompagnare?... Ah? permettimi che te lo dica; è una cosa che non sta bene e ti fa grandissimo torto. Perché lusingarlo? Perché metterlo in mezzo? perché fargli fare, a sua insaputa una meschina figura? O non sarebbe meglio parlargli francamente e rendergli la sua libertà?...

– Sei curiosa! Sono forse io che lo tengo?

– Parliamoci francamente; tu non gli vuoi bene.

– Non è vero neanche codesto. Per voler bene, gli voglio bene...

– Sì, sì; ma non è di quel bene, come mi intendo.

– Hai ragione: è un altro bene... per esempio, sul genere di quello che tu vuoi a Federigo.

– Norina! – disse Clarenza, facendo il cipiglio. – Intendiamoci una volta per tutte; su questo non accetto scherzi.

– Calmati, Clarenza, calmati.

– C'è poco da calmarsi. Un altro discorso simile, e ci guastiamo per sempre; o fuori di casa tu, o fuori io.

– Vieni qua da me e sii buonina – replicò l'altra, passando affettuosamente il braccio intorno alla sorella. – Perché ci dobbiamo guastare? Perché s'ha da far la commedia, quando siamo a quattr'occhi? Pensaci un poco sopra e rispondimi; credi tu che per due donne come noi, colle idee e col carattere che abbiamo e con l'educazione che ci hanno dato in casa, credi tu davvero che Federigo e Valerio fossero gli uomini più adatti per essere i nostri mariti?

– Non ti occupare di me; parla piuttosto per conto tuo.

– Ebbene, parlerò per conto mio e ti confesserò francamente che può darsi benissimo che io finisca collo sposare Valerio: ma, Valerio non è il mio ideale.

– Dicevi lo stesso del tuo povero Ernesto. Me lo ricordo come se fosse ora.

– Ernesto era un angiolo: ma bisogna convenire che aveva un gran difetto: un difetto insoffribile. Impiegato fin da ragazzo ai telegrafi, gli si era attaccato il vizio del proprio impiego. Parlava pochissimo, e quando diceva qualche cosa pareva di sentire un dispaccio telegrafico. Mi rammento sempre di quella famosa sera di quando mi fece la sua prima dichiarazione. «Signora Norina» mi disse «io vi amo; sono onesto: telegrafista; risoluto accasarmi. Desidero conoscere vostre intenzioni». Che burla! mi aspettavo sempre che dicesse «risposta pagata!».

– Povero Ernesto! Come morì giovane!...
– Pur troppo! ma era tanto infelice! Del resto, sì: se io fossi padrona di scegliere, non mi vergogno a dirlo, sceglierei sempre per marito un uomo del genere del marchese di Santa Teodora. Un po' scapato, un po' leggero, un po' rompicollo!... ma tanto simpatico. Non ti pare che abbia molta somiglianza coll'Artagnan dei *Tre Moschettieri?*
– Gua'; tutti i gusti son gusti!... – disse Clarenza, stringendosi nelle spalle.
– E questo – soggiunse l'altra – sia detto per conto mio; ora poi per conto tuo ti dirò...
– Non voglio saper nulla!...
– Federigo, non c'è che dire, è la più brava persona...
– Basta.
– Ma per te, per il tuo carattere ci sarebbe voluto...
– Basta, ti dico.
– Ci sarebbe voluto un uomo del genere...
– Basta! basta! basta. Mi sono spiegata, sì o no?
– Eh! quanto chiasso. Non aver paura, non ti dico altro! – e andandosene, borbottò fra i denti: «Son venuta qui con un mezzo dubbio, e me ne vado con una mezza certezza. Meno male che ho pensato a rimediarci per tempo!...».
– Che la Norina si sia accorta di qualche cosa? – domandò a se stessa la Clarenza, quando rimase sola. – Non ci mancherebbe altro... Ho addosso una smania... una inquietudine, che mi fa battere il cuore e le tempie! Ma perché non piglio una buona risoluzione per tempo? Tant'è: oramai ne son convinta... lui è più forte di me... quel diavolo tentatore esercita sul mio spirito una malìa irresistibile. Non sono più padrona di dirgli una parola o di guardarlo in faccia, senza sentirmi il viso che mi prende fuoco. Quando è in casa, non vedo il momento che vada fuori... Quando è fuori sono agitata,

pensierosa, di malumore... fino a tanto che non è tornato a casa... Infame d'un uomo!... eppoi ha il coraggio di lagnarsi di Giorgio, perché tradì l'ospitalità dell'amico! E lui non farebbe anche peggio?... Ma... ma c'è un caso, signorino bello; io non sono l'Emilia! oh! si persuada pure che io non sono l'Emilia. Animo, animo. Qui ci vuole una gran risoluzione: una risoluzione eroica, e senza mettere tempo in mezzo. Intanto cominceremo dal bruciare questa lettera, senza leggerla. Ho fatto male a leggere le altre... ma questa deve andare sul fuoco.

E a Clarenza si voltò risolutamente verso il caminetto, e fece l'atto di gettar la lettera: ma poi si trattenne, pensando:

– E se sentissero l'odore del foglio bruciato? La Norina è così sospettosa! Dio, che cosa penserebbe. È meglio strapparla, sì: è meglio strapparla... Ecco fatto: così non ci si pensa più!

E la lettera, divisa in due pezzi, rimase fra le dita della Clarenza.

– Mi dispiace di non aver guardato la data. Voleva almeno sapere se la lettera era scritta d'oggi o d'ieri. Guardiamo se fosse possibile di raccapezzare il giorno.

E così dicendo, riunì alla meglio insieme i due pezzi lacerati della lettera.

Mentre Clarenza cercava cogli occhi la data, le venne fatto di posar gli occhi su queste parole:

« Adorata Clarenza! »

– *Adorata!*... sfacciato che non è altro. È la prima volta che si prende con me una simile confidenza. E quaggiù che cosa dice?

« Sono stanco di vedermi trattato con tanta crudeltà. »

– Se è stanco, tanto meglio: sono stanca anch'io, e così ci troviamo perfettamente d'accordo. Ma la data? È un'ora che cerco la data e non mi riesce di trovarla. Vediamo un poco. – E Clarenza seguitò a scorrere coll'occhio la lettera, e, con visibile agitazione, lesse fra i denti:

« Sono stanco di vedermi trattato con tanta crudeltà. Vi ho supplicato mille volte per ottenere da voi dieci minuti... dieci minuti soli di libertà, per un colloquio intimo.... »

– Cucù! – fece Clarenza, interrompendosi – io non sono mica l'Emilia! Caro signor conte, per questa volta avete sbagliato – poi continuò a leggere.

« Clarenza! se è vero che non sapete il modo di procurarvi questi dieci minuti di libertà, permettetemi che ve lo suggerisca io. Stasera avete fissato di andare al teatro. Non potreste lasciarvi andare vostra sorella e trovare una scusa per rimanere in casa? dubitereste forse di me? Io credo di meritarmi la vostra fiducia, ed è appunto un atto di fiducia quello che vi domando. Se voi me lo negate, io non son degno di rimanere un'ora di più in questa casa, e faccio giuro a Dio (che vede il candore della mia intenzione) di andarmene questa sera medesima. »

– Dio volesse – disse Clarenza, gettando i pezzi della lettera nel fuoco. – Almeno così sarò fuori d'ogni pericolo! Così potrò riacquistare la pace e la tranquillità, che ho perduta. Ma se ne anderà davvero? Dovrò starmene alla sua promessa, al suo giuramento? No, no: a scanso di pentimenti, è meglio che ci provveda da me e subito.

E suonò il campanello.

– Dov'è il padrone?

– È nel suo studio col marchese Sorbelli – rispose la Bettina.

– Che cosa fanno?

– Urlano e strillano come due calandre.

– Ebbene: quando avranno finito d'urlare, dirai a Federigo che passi da me: ho bisogno assolutamente di vederlo: hai capito?...

– Buona notte, Clarenza – disse Federigo, entrando in sala col cappello in capo e il paletot infilato addosso, in atto di uscir di casa.

– Giusto te! Dove scappi con tanta fretta?

– C'è giù, in carrozza, il marchese Sorbelli, che mi aspetta. Ho promesso di presentarlo stasera al nostro piccolo Comitato elettorale. E tu e la Norina che cosa fate? Andate dunque al teatro?

– Credo di sì: Valerio almeno ha promesso di venirci a prendere.

– Oh! se ha promesso non vi manca di certo.

– Volevo dirti una cosa.

– Dopo il teatro, se non ti dispiace. Oramai c'è il marchese che mi aspetta, e non voglio fare aspettare. È una cosa d'urgenza.

– Ti sbrigo in due parole. È indispensabile, assolutamente indispensabile che Mario domani se ne vada di casa nostra.

– Clarenza! ci sarebbe forse qualche cosa? – domandò Federigo, turbandosi e guardando in viso sua moglie.

– Il signor marchese lo attende – disse la Bettina, affacciandosi sull'uscio di sala.

– Vengo subito. Clarenza raccontami tutto francamente.

– E perché ti allarmi così.

– Ma dunque che cosa è stato?

– Nulla, nulla, il gran nulla.

— Voglio saper tutto.

— E io ti dirò tutto. In questa casa ci sono due donne...che non sono né vecchie né brutte... Il paese è pettegolo: e io non voglio ciarle intorno casa.

— Dimmi... forse la Norina?...

— Io ti ripeto che non voglio ciarle: e Mario, al più tardi domattina deve uscire di casa nostra.

— Bisognerà dirglielo con buona maniera.

— Con buonissima.

— O non potresti dirglielo tu? — domandò Federigo a sua moglie.

— Io no!

— Ma chi è che ha messo Mario in casa nostra?

— Io.

— E tu, allora, licenzialo.

— Nossignore: è una parte che tocca a te.

— Ma perché tocca a me?

— Oh! bella!... parla... perché tu sei il marito.

— Clarenza!

— Oh! insomma, quando ti dico che non c'è e nulla, mi par quasi un'indiscretezza quella d'insistere!...

— Pazienza! la parte da doversi fare è un po' dura, e l'avrei ceduta volentieri a te: ma se la ho da far'io, la farò io. È urgente di molto?

— Se si potesse, meglio stasera: se no, domattina di certo.

— Il signor marchese!... — disse la Bettina affacciandosi di nuovo sulla porta.

— Ha ragione: eccomi subito; dimmi Bettina: il signor Mario è in casa? — domandò Federigo, con quella fretta agitata d'un uomo, che vuol levarsi un pensiero, prima di uscir di casa.

— Il signor Mario è andato via alle due — rispose Bettina —

e non è più tornato. Son venuti ad avvertirlo che era arrivato suo zio, e che era alloggiato alla *Locanda Maggiore*.

– Suo zio? – replicò Federigo; – dunque il ministro è in paese?

– Par di sì – rispose Clarenza.

– Sai tu se Mario ricevesse mai risposta a quella famosa lettera?

– Credo di no.

– L'ho caro! proprio caro! – gridò Federigo, ridendo coi denti. – Io glielo dissi: bada Mario: non la mandare codesta lettera: ti farai canzonare. Nossignore: la volle mandare per forza. Ti rammenterai che si raccomandò a me, perché gliela facessi portare all'uffizio postale della stazione. D'altra parte, meglio così: se per disgrazia lo zio ministro, avesse contentato il nipote, oggi mi troverei in un curioso imbarazzo.

– In quale?

– Capirai bene, che bisognerebbe, che io rimandassi indietro la Croce!

– Uhm!... forse no!

– Forse, sì.

– Forse, no.

– Non c'è forse che tenga, cara mia: o siamo uomini, o siamo ragazzi...

– Basta, basta; il resto lo so a memoria – disse Clarenza, annoiata.

– È una questione di principii...

– Se ti dico che il resto lo so.

– Padroni, padronissimi, que' signori del Ministero di averla con me...

– Se seguiti un altro poco, me ne vado.

– Del resto, – disse Federigo, saltando di palo in frasca, – mi dispiace che questo licenziamento di Mario, sia di tanta

urgenza: caso diverso...
– Caso diverso, cioè?
– Caso diverso era una questione che fra due o tre giorni, tutt'al più, si sarebbe sciolta da se stessa.
– Sarebbe a dire?
– Mario fra due o tre giorni se ne va di certo.
– E dove va?
– Probabilmente partirà per un lungo viaggio attraverso la Germania.
– Solo?
– No, con sua moglie.
– Come! coll'Emilia?... animo via; ma questo è uno scherzo – disse Clarenza, ridendo.
– Non è uno scherzo: è storia.
– O non si era parlato di separazione?...
– Ma che separazione! se ti dico che tutto quel chiasso non fu altro che una ragazzata di Mario!
– Cosicché marito e moglie sono in via d'intendersi, di accomodarsi?
– Tutto merito mio! In questi venticinque o trenta giorni, ho avuto un carteggio attivissimo coll'Emilia e con sua madre.
– Bravo davvero? e non mi hai detto nulla? – disse Clarenza, nascondendo a mala pena la bizza, che aveva nel sangue.
– Avevo il sigillo di confessione, Mario mi aveva fatto giurare che le trattative della riconciliazione sarebbero rimaste un segreto fra noi due!
– Senti! senti! – replicò Clarenza, con un certo risolino di canzonatura, – dunque il signor Mario voleva che la cosa fosse un segreto per tutti?
Poi, mutando intonazione, continuò:
– Quanto a te, lascia che te lo dica: hai fatto malissimo a entrar di mezzo in questo pasticcio.

– Perché?

– Perché un uomo prudente non mette mai bocca nei pettegolezzi fra marito e moglie... se si erano guastati, tanto peggio per loro: dovevano pensare a sbrigarsela.

– Non ti credevo così cattiva.

– Io non son cattiva: credo piuttosto d'avere un po' di giudizio anche per chi non ne ha! Già, vedo bene che sarà una riconciliazione posticcia... Fra un mese, tutt'al più, saranno daccapo: e te la voglio dar lunga.

– Io poi, spero di no. Nell'esser di mezzo a questa faccenda, mi son dovuto persuadere che quei ragazzi, in fin dei conti, si vogliono moltissimo bene.

– Povero Federigo! come sei ingenuo alla tua età!...

– Padrona di darmi dell'ingenuo quanto ti pare. Io, però, ho veduto tutte le lettere che si sono scambiate fra marito e moglie, in questi ultimi giorni, e ti assicuro che mi paiono innamorati, peggio di prima!

– Davvero? E tu ci credi sul serio? Gua'; può darsi benissimo che l'Emilia sia innamorata ancora! Non dico di no; povera figliuola, ha un carattere così leggero!... ma in quanto a Mario, ne dubito assai... oh! ne dubito assai.

– Anche Mario è innamorato, credilo!

– Mario, no.

– No? e com'è che lo sai?

– Lo so... perché lo so...

– Cioè?

– Me l'ha detto lui.

– Lui? e perché te l'ha detto?

– Oh bella! perché gliel'ho domandato.

– A dirti la verità, mi pare una domanda un po' indiscreta.

– A me, invece, mi pare naturalissima.

– Ebbene, se vuoi saperla tutta, Mario ti ha detto una

bugia.
– Ci riparleremo a suo tempo.
– Ne vuoi una riprova di più? Figurati che la Bettina mi ha raccontato che ieri mattina, essendo entrata improvvisamente in camera di Mario, lo ha trovato col ritratto di sua moglie in mano, che lo copriva di baci.
– Imbecille!... lezioso... – fece la Clarenza con un garbo ineffabile di nausea e di dispetto. – Certe svenevolezze in un uomo non le posso soffrire... E poi... resta da vedersi se quel ritratto era veramente quello di sua moglie.
– Per codesto, lo era di certo. Tant'è vero che la Bettina mi disse: «Com'è bella la moglie del signor Mario! Somiglia tutta alla signora Clarenza!...».
«Era il mio ritratto! grande imprudente!...» pensò la moglie di Federigo dentro di sé, facendosi rossa in viso; quindi seguitò a dire: – E questa riconciliazione quando avrà luogo?
– Fra due o tre giorni. L'Emilia ha scritto che ci farà sapere, per mezzo del telegrafo, il giorno preciso e il treno col quale arriverà alla stazione.
– Voglio sperare che anderanno alla locanda...
– È probabile.
– Non c'è probabile, né improbabile. Intendiamoci bene che in casa non ce li voglio... Hai capito?... E i patti di questa conciliazione?
– Semplicissimi. Non una parola, nemmeno una sola parola sull'accaduto. I due sposi, incontrandosi alla stazione, si abbraccieranno, si bacieranno...
– Cari!... cari!... veramente cari!... Vuoi che te lo dica? Certe giuccherie mi fanno quasi schifo!...
– Quando poi avranno finite tutte le formalità di rigore, si tratterranno una mezza giornata, tanto per avere il tempo di fare i bauli e prendere il volo verso le regioni del Nord. È

stabilito e concordato reciprocamente che il pellegrinaggio, all'estero, non debba durare meno d'un anno.

– Un anno?...

– Un anno: così è fissato, per la gran ragione che il mondo, che è di lingua lunga e di memoria breve, abbia tutto il tempo necessario per poter dimenticare ogni cosa.

– E se Mario non volesse partire?... – domandò Clarenza, che rideva come una matta; per non far vedere le lagrime, che aveva negli occhi.

– Codesta è un'idea – disse Federigo.

– Un'idea! Si fa presto a dire un'idea... Chi lo sa: alle volte gli uomini sono così capricciosi...

– Scusa veh, Clarenza: ma se è lui, Mario stesso in persona, che ha messa questa condizione del viaggio d'un anno!

«Infame...» mormorò fra i denti Clarenza «e vorrebbe che stasera lo aspettassi in casa... Guai a lui, se mi capita dinanzi!»

– Il signor marchese Sorbelli... – disse la Bettina, quasi mortificata di dover ripetere la stessa cosa.

– Povero marchese! ha mille, duemila ragioni. Ora poi vengo subito... – e Federigo così dicendo, andò a riprendere con grandissima fretta il cappello e il paletot, che, durante la conversazione, aveva posati sulla tavola di mezzo.

– Senti vieni un momento qua! – soggiunse la moglie, trattenendolo per un braccio.

– Lasciami andare.

– Ho pensato a una cosa.

– A che cosa?

– Trattandosi di aver pazienza per tre o quattro giorni ancora, credo che sarebbe meglio di aspettare e non dirgli nulla.

– Ebbene, aspettiamo... Io faccio a modo tuo... Zitta! se non sbaglio, questo è Mario: è la sua voce di certo.

– Animo, Federigo – disse Clarenza, che voleva restar

sola, – non far più aspettare quel povero marchese.

– Vado subito. Dico una parola a Mario, e scappo.

– Al solito. Permettimi che te lo dica: mi pare una bella mancanza d'educazione quella di costringere una persona rispettabile, come il marchese Sorbelli, a farti quasi il servitore.

– Non te ne dar pensiero – replicò Federigo sorridendo. – Il marchese per ora è candidato; tocca dunque a lui a fare il comodo mio; quando poi sarà deputato, non dubitare, che toccherà pur troppo a me a fargli l'anticamera.

– Sei un grand'ostinato. Ebbene, se non vuoi andartene tu, me ne anderò io – e la Clarenza uscì dalla sala, che aveva un diavolo per capello.

– Che c'è di nuovo? – domandò Federigo a Mario, con una curiosità infantile.

– C'è qualche cosa – rispose Mario, sorridendo – e avevo quasi paura di non trovarti in casa.

– Qualche cosa di premura? Ha scritto l'Emilia?

– No. Dall'Emilia oramai non aspettiamo altro che il telegramma dell'arrivo: c'è un'altra notizia... la sai?

– Quale?

– È arrivato mio zio.

– Ah! è arrivato?.. – soggiunse Federigo, con indifferenza.

– Non ne sapevi nulla?

– Nulla. D'altra parte, che interesse vuoi tu che abbia per me l'arrivo d'un ministro? fra me e gli uomini del Governo, c'è un oceano di mezzo.

– Per carità – disse Mario, scherzando – non parliamo d'oceani! Ho conosciuto certi oceani, in politica, che si sono rasciugati da un momento all'altro, e son diventati tanti rigagnoli da potersi passare a piedi asciutti. Come ti sarai figurato, mio zio non rispose mai a quella lettera...

– Era facile indovinarlo.

– Peraltro ha risposto col fatto.
– Col fatto? cioè? come sarebbe a dire?...
– Il signor marchese Sorbelli... – bisbigliò la Bettina, sottovoce, avvicinandosi al suo padrone.
– Gran seccatore! Due minuti e scendo subito.
– Dice così che non vuole più aspettare – soggiunse pianissimo la vecchia cameriera.
– Che se ne vada, allora! – replicò Federigo; quindi rivolgendosi a Mario:
– Dunque, mi dicevi?...
– Dicevo che il ministro mi ha consegnato un plico per te.
– Un plico per me?... io non so di dover ricevere alcun plico dal Ministero.
– Caro mio; ambasciatore non porta pena – e così dicendo, Mario trasse di tasca un plico, e lo consegnò al marito di Clarenza, il quale, passandoci sopra gli occhi, vi lesse con voce quasi tremante: – «Al cavaliere Federigo Fabiani». Ah! *finalmente!...* – esclamò Federigo.
– Cioè?
– Voglio dire – rispose l'altro, frenando a stento la propria emozione. – Voglio dire che finalmente doveva capitarmi addosso anche questo malanno. Mario? abbi pazienza se te lo dico, ma mi hai fatto un brutto scherzo.
– Caro mio: io non ci ho colpa.
– Vedi un po' in quale imbarazzo mi hai messo. Tu sai benissimo che io sono un uomo logico, un uomo conseguente...
– Ebbene.
– Ebbene, io non accetterei una distinzione, che mi viene da un Ministero, che ho sempre combattuto.
– Se non la vuoi; e tu rimandala.
– Rimandarla! è presto detto. E tuo zio?... è un affronto

bello e buono, che farei a lui.

– Se fossi in te, non avrei tanti riguardi; rimanderei la croce, e felicissima notte.

Federigo rimase muto e soprappensiero, per due minuti: poi, voltandosi all'amico, gli domandò tranquillamente:

– Dimmi un poco: come si costuma in queste circostanze disgraziate? Usa scrivere una lettera di ringraziamento?...

– Per il solito, sì.

– Ma io, resta inteso che non rispondo nulla – disse Federigo, ingrossando la voce.

– Padronissimo – rispose Mario, che aveva capito il debole dell'amico. – Nessuno ti può costringere a fare una cosa contro coscienza.

– Tutt'al più potrei rispondere due versi... due soli versi di formalità... tanto per far sapere che ho ricevuto il plico.

– Basta, e ce n'è d'avanzo.

Federigo andò al tavolino di mezzo, e preso un foglio da lettere, e postoselo davanti, disse a Mario:

– Fammi il piacere: tu che hai pratica in certe cose... dettami queste poche parole. Intendiamoci bene: parole liberalissime e senza ombra di cortigianeria.

– Vai pur là, e scrivi – replicò Mario, avvicinandosi al caminetto; e a voce alta, cominciò a dettare: – «Signor ministro».

– «Signor...» dimmi un poco – domandò l'altro, alzando il capo e smettendo di scrivere – non sarebbe meglio di dargli un po' d'Eccellenza.

– Fai tu: ma la frase *Signor ministro* è molto più franca e più disinvolta.

– È vero; ma i ministri, credilo a me, ci tengono all'Eccellenza: le so certe cose. Vuoi fare a modo mio? Diamogli dell'Eccellenza.

– Diamogli dell'Eccellenza – soggiunse Mario, ridendo: poi seguitò a dettare: – «Sono sensibile all'onore...».

– Quel *sensibile* mi pare un po' corto – osservò Federigo. – Se mettessimo invece *sensibilissimo?*

– Hai ragione. *Sensibilissimo* è più lungo. Dunque comincia così: «Sono sensibilissimo all'onore...».

– Onore... onore! – borbottò fra i denti Federigo. – E non credi che sarebbe meglio detto *all'alto onore?*

– *Alto?* in questo caso mi pare un vocabolo un po' troppo ampolloso.

– Ampolloso, no. Anzi mi pare un vocabolo comunissimo e che si adopera continuamente. Diffatti si dice *alta stima* e *alta considerazione...* anche quando si scrive per non dir nulla.

– Vedo, amico mio – disse Mario, annoiato – che ne sai più di me: dunque scriviti da te la tua lettera: eppoi, se credi, gliela posso portar io.

– Mi farai un vero regalo – rispose Federigo. Quindi scrisse la lettera in pochi minuti, la chiuse in una busta, e, consegnandola al conte, gli disse con un tuono di voce cupo e malinconico: – Ora ho bisogno che tu mi dia una prova di vera amicizia.

– Parla.

– Tu sai il peso, che io ho sempre dato a questi gingilli, a questi giuocattoli da fanciulli...

– Lo so! lo so... – interruppe l'altro, ridendosela sotto i baffi.

– Orbene: vorrei che questa cosa restasse un segreto fra noi due: che non la sapesse nemmeno l'aria. Che vuoi che ti dica? Sento qualche cosa qui che mi ripugna – (e si toccava lo stomaco dalla parte del cuore). – Capisco che l'uomo è un animale di abitudine, e che in questo mondo ci si avvezza a tutto: ma, ora come ora, dico la verità, sento che non saprei

rassegnarmi a sentirmi chiamare cavaliere.
– Intendo benissimo la tua ripugnanza... ed eccoti la mano. Giuro solennemente di non parlarne a nessuno.
– Siamo intesi: a nessuno!
– A nessuno!

Clarenza entrò in sala: forse credeva di trovarvi Mario solo: ma visto che c'era anche Federigo, rimase piuttosto male; e voltasi con garbo dispettoso verso il marito, gli disse:
– Come? sei sempre qui?
– Sempre qui! – rispose l'altro, senza alzare il capo, e accompagnando la risposta con una specie di sospiro.
– Che cos'hai? che cosa ti è accaduto?
– Nulla, nulla.
– Ditelo voi, Mario; che cosa c'è stato? – domandò Clarenza, un poco impensierita.
– Ti ripeto, che non c'è stato nulla – gridò Federigo, arrabbiandosi. – Una delle mie solite fortune. Guarda! – e, nel dir così, si cavò di tasca il plico del Ministero, e lo passò in mano alla moglie.

Clarenza posò gli occhi sull'indirizzo: e dopo aver vista la provenienza, e dopo aver letto sulla sopraccarta «Al cavalier Federigo Fabiani» restituì la lettera al marito, esclamando con vera consolazione:
– Oh! sia ringraziato il cielo! Finalmente sarai contento!
– Contento io? io? Vai pur là, che l'hai indovinata.
– Quanto a me, lo dico francamente, sono contentissima.
– Tutte uguali le donne! – disse Federigo, ingrossando la voce. – Avete una vanità che passa qualunque misura. Per altro, Clarenza, intendiamoci bene. Ti avverto una volta per tutte. Sappi che questa cosa deve restare un segreto fra noi tre – (accennando anche a Mario). – Dunque bada bene di non lo dire a nessuno! A nessuno, e specialmente a quella

ciarliera della Norina.

– Signor cavaliere, i miei rispetti – disse la Norina, saltando in sala, e inchinandosi comicamente dinanzi cognato.

– Ah! Norina! – replicò Federigo, facendo l'impermalito – questa tua indiscretezza... questa tua smania di ficcare il naso dappertutto mi comincia a seccare. Con una donna, come te, fra i piedi è inutile che in una casa ci sieno gli usci e le porte.

– Inutile?

– Inutilissimo. Perché almeno ho sentito dir sempre che gli usci erano fatti apposta per impedire agli altri che sappiano ciò che vogliamo che non si sappia.

– È un'idea anche codesta – soggiunse la Norina, ridendo. – Non tutti si pensa allo stesso modo. Io, per esempio, ho creduto sempre che gli usci fossero fatti unicamente per poter stare a sentire ciò che dicono gli altri. È un'opinione come la tua, e va rispettata.

– Non ne discorriamo più per oggi. Ti avverto di serbare il segreto: e non ne facciamo parola con nessuno! con nessuno. A proposito: ma che il marchese Sorbelli sia sempre giù ad aspettarmi? Sentiamo un poco.

E Federigo suonò il campanello.

– Ha suonato lei, signor Federigo? – disse la Bettina, entrando in sala.

– Brava, Bettina! Così mi piace: chiamami sempre Federigo.

– O come vuol che lo chiami?

– Guai a te, se una volta, una volta sola, ti scappa detto cavaliere.

– Come! come! – gridò la vecchia cameriera, tutta allegra – che è stato fatto cavaliere, lei? l'ho caro davvero! era tanto, povero padrone, che se ne struggeva!...

– Mi struggevo, un corno! Non discorrer tanto, e guarda

piuttosto a quel che ti dico: ti ripeto dunque che io mi chiamo Federigo, che voglio esser chiamato Federigo, e in casa mia non ci debbono essere né cavalieri, né commendatori. Dillo subito anche a Francesco e al cuoco.

– Non dubiti, signor cavaliere.

– Basta così. Volevo ora domandarti una cosa; il marchese è partito?

– Sarà quasi una mezz'ora – disse la Bettina. – Soffiava come un istrice. Se sapesse quante cosacce ha detto!...

– Contro me?

– Contro lei!

– Bravo signor marchese: faremo i conti a suo tempo. Lo aspetto, all'urna, non dubiti, lo aspetto all'urna! Curiosi questi nobilucci di vecchia data. Perché hanno un po' di titolo, trovato fra i ragnateli di casa, gli par d'essere Dio sa che!... Quant'a me, per esempio, non baratterei la mia modestissima croce di cavaliere con tutti i loro stemmi gentilizi: dico bene?...

– Santamente! – soggiunse Mario; – dimmi una cosa: e ora, verso qual parte sei indirizzato?

– Che si domanda? – rispose Federigo, guardando l'orologio. – È la mia ora: io, secondo il mio solito (un'abitudine oramai di dieci anni), vado in casa Appiani a far la mia partita a scacchi.

– Non puoi lasciarla per una sera? – chiese il conte.

– Impossibile: son sicuro che questa notte non potrei dormire.

– Non ti dissimulo, che mi dispiace.

– Ti dispiace? e perché?

– Perché il ministro avrebbe desiderato di vederti.

– Me?... – domandò Federigo, a cui la troppa e improvvisa contentezza fece mandar fuori una nota di falsetto.

– Te in persona. E aggiungi che io gli avevo promesso di accompagnarti stasera da lui!

– Hai fatto male... cioè, non dico che tu abbia fatto male... ma, insomma, che cosa vuole il signor ministro da me?

– Non lo so!

– Il conte non lo sa – interruppe Clarenza – ma è facile supporlo. Il ministro sa che tu sei un brav'uomo, un uomo onesto, una persona moltissimo influente... ed è naturale che desideri di conoscerti personalmente e di stringerti la mano.

– Troppo buono, il signor ministro: ma non ci vado! – disse Federigo, atteggiandosi a uomo inflessibile e resoluto.

– Pazienza! – replicò Mario, facendo l'atto di non voler più insistere.

– Ti prego, peraltro, di fargli le mie scuse.

– Non c'è bisogno di scuse. Hai le tue buone ragioni per non volerci venire, e basta così!

– E perché non ci vai? – domandò Clarenza, alla quale dispiaceva questa strana cocciutaggine del marito.

– Oh! bella! non ci vado, perché non mi conviene. È una questione di fierezza di carattere e di sentimento della propria dignità, e le donne non possono intendere certe cose.

– Io ti comprendo benissimo! – disse Mario, soffiandosi il naso, per tappare una risata insolentissima.

– E tu, quando ritorni da tuo zio?

– Ci ritorno subito: appena che esco di qui. Intanto gli porterò la tua lettera e gli farò le tue scuse.

– Se mi aspetti due minuti, possiamo fare un pezzo di strada insieme.

– Ho fretta.

– Due minuti soli.

– Ti prego dunque di far presto.

– Il tempo che ci vuole, per cambiarmi questo soprabito,

che comincia a essere un po' troppo grave per la stagione.

E Federigo uscì dalla sala.

– Ditemi, Mario, e vostro zio si trattiene molto? – domandò Clarenza, tanto per dir qualche cosa, e per dissimular la sua stizza per la Norina, che si ostinava a non volersene andare.

– Mio zio parte stasera col treno delle otto e mezzo per San Giusto.

– Senti!

– E, probabilmente, io gli terrò compagnia.

– Partite anche voi?... – chiese Clarenza, strascicando la voce con un po' di canzonatura.

– Non è punto difficile.

– E quando sarete di ritorno?

– Chi lo sa. Non lo so nemmeno io. Dipende tutto da una risposta, che aspetto... – disse, guardando negli occhi la graziosa moglie di Federigo, quindi soggiunse subito, per non dar tempo alla Norina di fantasticare:

– E queste due belle signore vanno poi stasera al teatro?

– Sì – rispose la Norina. – Aspettiamo giusto il signor Valerio, il quale ha promesso di accompagnarci.

– C'è una bella commedia?

– Non lo so davvero: io vado al teatro, per andare al teatro.

– E io vado al teatro per non restare in casa – soggiunse Clarenza, accentando leggermente le ultime parole.

– Scommetto che avete un po' di paura a restar sola in casa? – domandò il conte, sorridendo con intenzione.

– L'avete indovinata! Ho paura della noia. Tre ore di solitudine sono troppo lunghe. Che ora avete, Mario?

– Le otto vicine.

– Se indugiate un altro poco, perderete il treno, e non potrete più accompagnare vostro zio.

– Aspetto quel benedetto uomo di Federigo... Oh! Ma c'è

tutto il tempo necessario: il treno dovrebbe passare alle otto e mezzo, e ritarda sempre nove o dieci minuti.... Scusate, signora Clarenza: e perché ridete?

– Rido a vedervi dire le bugie con tanta serietà.

– Cioè?

– Per vostra regola, voi stasera non partite!

– Vi giuro che parto. L'ho promesso a mio zio. E perché, scusatemi, dovrei dirvi una cosa per un'altra?...

– O San Giusto! – continuò a dire Clarenza, ridendo sguaiatamente di un riso forzato. – Guarda, per l'appunto!... E che cosa andate a fare a San Giusto?...

– Ho là qualche piccolo affaretto.

– Non è vero.

– Scusate Clarenza: ma perché mi date una mentita?

– Io non vi do nessuna mentita: vi dico semplicemente che non è vero! – replicò Clarenza, che, senza avvedersene, era diventata seria e quasi dispettosa.

– Il signor Leonetto! – disse il giornalista, affacciandosi in sala, e annunziando se medesimo.

– Oh! che miracolo è questo? – domandò la Norina, facendogli segno di venire innanzi.

– Scusatemi, mie belle signore, se vi disturbo: Federigo è uscito?

– Federigo sarà qui fra minuti – rispose Clarenza.

– Ho bisogno di vederlo per una certa cosa... d'urgenza.... Intanto profitterò dell'occasione per stringergli la mano e per dargli il mi–rallegro.

– Come l'avete saputo?

– La Bettina mi ha detto tutto. Anzi, se vi contentate, vorrei fargli una specie di sorpresa... Vorrei annunziare la sua nomina nel giornale di domani.

E nel dir così trasse di tasca una matita e un pezzetto di

carta; e, dopo avere scritto pochi versi, si voltò alla padrona di casa, dicendole:

– Scusate, signora Clarenza: vi dispiacerebbe di mandare il vostro Francesco alla stamperia del giornale con questo piccolo avviso?

– Figuratevi!...

E Clarenza chiamò la Bettina, e le diè il biglietto, con ordine premuroso di farlo portar subito da Francesco alla stamperia del *Giornale della Provincia*.

– Son pronto! – disse Federigo, entrando in sala, tutto vestito, in abito nero, cravatta bianca, guanti perlati e paletot chiaro sul braccio.

– Bene! bene! – gridò Mario ridendo – dunque ti sei pentito? vieni anche tu dal ministro?

– E perché?...

– Me lo figuro! ti vedo in abito di visita officiale!...

– Officiale?... tutt'altro che officiale! Mi son cambiato vestito, perché con quell'altro scoppiavo dal caldo.

– Dunque, vieni o non vieni?

– Impossibile, credilo, impossibile! Chiedimi piuttosto un bicchier del mio sangue, e non ti dico di no... ma dal ministro...

– Ebbene, non se ne parli più: dunque io posso andarmene?

– Se mi aspetti, si fa la strada insieme e ti accompagno fin là.

– Fino a dove?

– Fino alla *Locanda Maggiore*. Per me, è tutta strada.

– Siamo giusti! Quando hai fatto tanto di arrivar lì, puoi anche salire le scale – disse Clarenza.

– Non salgo! quando ho detto che non salgo, non salgo. Tutt'al più, posso aspettarti giù abbasso, nella stanza del burò.

– E se il ministro, per caso, viene a sapere che sei giù ad aspettarmi...

– Oh! insomma: non salgo. Ti accompagno, ti aspetto, ma... ma non salirò mai le scale del potere.

Federigo, credendo di aver detto una bella cosa, si accarezzò il mento, con visibile compiacenza.

– Dunque, Federigo, ti si può stringere la mano? – domandò Leonetto, facendosi avanti.

– Caro mio, è un tegolo che mi è cascato all'improvviso sulla testa. Io ti giuro che non ne sapevo nulla! proprio il gran nulla!...

– Vedrai annunziata la tua nomina nel giornale di domani! – soggiunse il giornalista, per dirgli subito una cosa gradita.

– Hai fatto malissimo.

– Davvero?

– Avrei desiderato che di questa cosa se ne facesse un segreto! Non ti nascondo che mi hai dato un vero dispiacere!...

– Quand'è così, si fa presto a rimediarci... – disse Leonetto, avviandosi in fretta, per uscir dalla sala.

– E ora dove scappi? – gli domandò Federigo, trattenendolo per un braccio.

– Corro alla stamperia, a far sospendere l'annunzio. Siamo sempre in tempo.

– Oramai lascia andare – soggiunse il marito di Clarenza. – Poco bene e poco male: tanto si tratta del giornale della provincia. È un giornale che non lo legge nessuno.

– Il biglietto è già alla stamperia – disse Francesco, presentandosi sulla porta, con una sacca da viaggio in mano. – Dica signor Mario, questa sacca dove la devo portare?

– Alla stazione: e lasciala in consegna al signor Pietrino.

– È deciso davvero! – bisbigliò sottovoce Clarenza, mordendosi per la bizza il labbro di sotto.

– Dunque, mie belle signore, avete comandi da darmi per San Giusto? – disse il conte, con grazia e con moltissima indifferenza.

– Grazie, Mario – rispose la Norina.

– Allora buona notte e buon divertimento...

– E a rivederci a quando? – domandò Clarenza, ingegnandosi di far la disinvolta.

– Chi lo sa!... forse domani e forse fra una settimana.

Clarenza, che si era alzata in piedi, si avvicinò al conte, e cogliendo un momento che tutti gli altri parlavano fra loro, gli domandò pianissimo, ma con accento vibrato:

– Partite davvero?...

– Andate proprio al teatro? – sussurrò Mario, dando alla moglie di Federigo un'occhiata significantissima.

– Sbrighiamoci Mario – gridò Federigo, voltandosi a un tratto. – Ho fatto tardi; e gli scacchi mi aspettano.

E il conte e Federigo si congedarono in fretta e se ne andarono.

Norina si affacciò sulla porta, per accertarsi se Mario era proprio uscito; quindi uscì anche lei, dicendo alla sorella:

– Io vado, intanto, di là a prendere la mantiglia e il cappuccio, e tu?

– La mia toelette è bell'e fatta – disse Clarenza, guardandosi nello specchio. – Per quel teatro lì, è anche troppo lusso!...

Appena Leonetto rimase solo con la moglie di Federigo, prese una certa aria di collegiale vergognoso: e, quasi avesse avuto bisogno di cercare le parole adatte, per incominciare, balbettò confusamente...

– Ditemi... signora Clarenza, vorreste mettere una buona parola per me con vostro marito?

– Figuratevi; – rispose l'altra. – Con tutto il piacere. E di che si tratta?...

– Ecco di che si tratta... voi sapete dicerto... o anche se per caso non lo sapete, ve lo dico io, che c'è vacante il posto di direttrice nell'Istituto Azeglio.... Vostro marito, come uno dei principali sovventori di quell'Istituto, ha molta voce in capitolo.... Vorreste raccomandargli per quel posto una persona di mia conoscenza?...

– Di Vostra conoscenza? – replicò Clarenza, guardando il giornalista con una specie di curiosità maligna.

– Di mia conoscenza – soggiunse Leonetto seriamente – e che... m'interessa moltissimo!...

– Forse una vostra parente?

– Qualche cosa di più!

– Di più?... e questa persona sarebbe?...

– La signorina Armanda, quella stessa della quale abbiamo parlato insieme qualche tempo fa.

– Ah! signor Leonetto! – disse Clarenza, alzandosi in piedi e coll'accento della persona offesa. – Dico la verità: mi fa meraviglia che possiate raccomandarmi per un impiego tanto delicato una persona... di quel genere!

– Domando scusa! – riprese il giornalista, che era diventato rosso come una ciliegia (bel fatto per un giornalista!) – Vi giuro, sull'onor mio, che quella giovine...

– E perché volete sciupare il tempo a giurare? Non vi rammentate che mi avete detto voi stesso, capite bene, voi stesso, che quella signorina girava per il mondo, facendosi chiamare provvisoriamente Armanda. Tocca forse a me a dirvi a qual famiglia appartengono le donne... senza domicilio fisso, e che cambiano di nome come di pettinatura?

– Signora Clarenza, avete ragione: – disse Leonetto confuso e mortificato. – Ma se io vi rispondessi che quel giorno, parlando con tanta leggerezza di Armanda, credevo di essere un giovane di spirito, mentre dopo mi son dovuto persuadere che non ero altro che un imbecille e un volgarissimo calunniatore?

– Non c'è dubbio – osservò Clarenza con grazia, – è una ritrattazione spontanea e fatta lealmente... ma ha un piccolo difetto...

– Quale?

– Giunge un pochino tardi.

– Non ho altro da aggiungere! – disse il giornalista, alzandosi in atto di volersi congedare.

– Sentite, Leonetto: non fuggite; ho anche io bisogno di chiedervi un favore.

– Son qua.

– Parlatene direttamente con mio marito di questa... persona... che v'interessa tanto; ma dispensate me dal metterci bocca.

– Ebbene, signora Clarenza – disse Leonetto con accento franco e risoluto – la mia delicatezza non mi permette di lasciarvi sotto la triste impressione che io abbia voluto abusare della vostra buona fede e della vostra squisita cortesia.

– Abusare?... no davvero.

– A giustificazione della raccomandazione che vi ho fatto, sento il bisogno assoluto di confidarvi una cosa, che finora è un segreto per tutti. Fra qualche giorno Armanda porterà il mio nome!

– Come?... voi?...

– È così, signora Clarenza...

– In questo caso, amor mio, sono mortificatissima di aver detto qualche parola forse un po'... acerba, ma spero vorrete convenir meco che la colpa, in fin dei conti, non è tutta mia.

– Ve lo ripeto: avete mille ragioni. Io sono stato un gran ragazzo: e oggi pago il fio della mia leggerezza...

– Consolatevi, Leonetto! – disse Clarenza sorridendo e

stendendogli la mano – non siete il solo! Ne ho conosciuti degli altri, che hanno finito collo sposare la donna, della quale si erano lavati la bocca.

– E questo signor Valerio non si è veduto ancora? – domandò la Norina, entrando in sala, colla mantiglia sul braccio.

– Eccomi qua – disse Valerio presentandosi sulla porta di fondo. – Vi ho fatto forse aspettare?

– No davvero. Anzi possiamo trattenerci un altro poco. Quanto a me, non mi è piaciuto mai di arrivare in teatro, all'alzata del sipario. Sì, par di quella gentuccia, che va al teatro, proprio per lo spettacolo, non è vero?... E tu, Clarenza, che cosa fai che non mandi a prendere intanto la tua roba?

– Oramai non vengo più – rispose la moglie di Federigo, facendo l'annoiata, e appoggiandosi con stanchezza il capo alla spalliera della sedia. – Per questa sera, rimango in casa.

– Rimani in casa? – replicò vivacemente la sorella.

– Mi par fatica a uscire!... eppoi a dirti la verità, io sono come Valerio: mi diverto moltissimo alla musica: ma la prosa... oh! Dio!... la prosa!...

– Per me, – disse Valerio, – la prosa è sempre prosa.

– Anche quand'è in poesia! – soggiunse ridendo la moglie di Federigo.

La Norina era rimasta incantata: pensava a qualche cosa con una fissazione insolita in lei. Quando si riscosse, mormorò fra i denti: L'affare si fa serio... e di molto!... Speriamo che la mia lettera sia giunta in tempo! E se no, pazienza! Sono cose di questo mondo.

Quindi, data una scrollatina di spalle, riprese la sua solita spensieratezza e il suo solito buon umore, e rivoltasi verso il giornalista, gli domandò ridendo:

– E così, Leonetto, come funziona quel famoso vecchio termometro?...

Il giornalista voleva fare l'astratto, l'uomo assorto in gravi pensieri, ma la Norina, con una sbadataggine infantile e petulante, insisté:

– E quei poveri capelli? Sono rimasti sempre a trentanove e mezzo, oppure in questo tempo han figliato? La sapete, Valerio, la storia dei trentanove capelli e del vecchio termometro? – (e qui una grandissima risata).

– Basta, basta, Norina – disse Clarenza, impietosita dalle ineffabili torture, che pativa il povero Leonetto. – Come sei prolissa! quando cominci, non la finisci più!

In questo mentre, la Bettina entrò tutta frettolosa in sala, annunziando:

– La signora contessa Emilia.

Quadro di stupore e di sorpresa universale!

Dopo tutti i baci e tutti gli abbracci, che si scambiano in simili circostanze, tutte le donne che si vogliono bene e quelle che non si possono soffrire fra loro, Clarenza, per la prima, gridò, tenendo l'amica per tutte e due le mani.

– Ma questa è una carissima improvvisata!

– E Mario dov'è? – domandò l'Emilia.

– Mario per questa sera non lo potrai vedere! – soggiunse la Norina, tutta contenta che la sua lettera fosse arrivata in tempo.

– E perché non lo posso vedere?

– Perché partiva col treno delle otto e mezzo per San Giusto. Accompagnava il ministro.

– Lo zio dunque è stato qui?

– Si è trattenuto poche ore.

– L'avrei veduto tanto volentieri. E Federigo?... Quella perla d'uomo di tuo marito? – disse volgendosi a Clarenza.

– Sta benissimo: ma anche lui è fuori. A quest'ora sarà in casa Appiani a fare la sua solita partita a scacchi fino a mezzanotte.

– Scommetto, Clarenza, che tu non mi aspettavi... stasera?...

– Io no!... – rispose l'altra, un po' sconcertata dalle occhiate indagatrici e penetranti, colle quali la saettava la moglie di Mario. – Stasera non ti aspettavo... ma però sapevo che saresti stata qui fra due o tre giorni al più lungo.

– È vero!... ho voluto anticipare la mia gita di qualche ora... e ti dirò perché. È stato un capriccio... m'ero messa nell'idea di arrivare qui all'improvviso, senza che nessuno ne sapesse nulla... e specialmente Mario...

– Una sorpresa?
– Precisamente.

Così dicendo, l'Emilia prese per la mano le due amiche, e dopo averle condotte con molta disinvoltura verso il pianoforte, situato in un angolo della sala, disse loro pianissimo, e con un certo garbo comico della fisonomia:

– Con voi non ho misteri, e posso anche dirvi il motivo di questa bizzarra risoluzione. Pochi giorni addietro ho ricevuto per la posta una lettera, che veniva di qui... una lettera anonima e curiosissima...

– La mia lettera! – bisbigliò dentro di sé la Norina... Ero certissima che avrebbe fatto il suo effetto.

– Comincerò dal dirvi che la lettera era firmata Folletto, e che, fra le altre cose, era piena di spropositi d'ortografia!...

«Sguaiata!» mormorò la sorella di Clarenza: poi aggiunse forte: – Bada veh! che forse saranno stati spropositi fatti apposta... per nascondere la mano della persona che scriveva.

– No, no – replicò vivacemente la contessa – ti assicuro che erano spropositi spontanei, legittimi, cascati giù dalla penna con tutta naturalezza. Ma questo importa poco. Io so benissimo il conto che si dovrebbe fare delle lettere anonime:

ma bisognerebbe aver la forza di poterle strappare prima di leggerle. Una volta lette, è finita: ti paiono più vere delle lettere vere. Il fatto sta che Folletto si diverte a darmi dei ragguagli curiosi... molto curiosi sulla vita, che mio marito conduce qui. – (E l'Emilia, con una volubilità prodigiosa, fissava gli occhi in viso ora alla Clarenza, ora alla Norina: ma particolarmente poi alla Clarenza). – La lettera, chi lo sa perché, è scritta tutta in un linguaggio bizzarro; come quello delle favole del Clasio e del Pignotti. Figuratevi, per darvene un'idea, che parla d'un certo farfallone che per ingannare la solitudine e il mal umore si è messo a far la corte e a svolazzare intorno a un fiore: beninteso, dice Folletto, intorno a un fiore di giardino chiuso. Il farfallone e il fiore stanno vicinissimi di casa: quasi, sotto il medesimo tetto... Il fiore, per ora, ha resistito a tutte le tentazioni: ma se la sua virtù lo abbandonasse? Venite subito qua, conclude l'autore della lettera; la vostra presenza metterà giudizio alla farfalla: e così salverete l'onore del fiore e la tranquillità di quel buon uomo del giardiniere... Anzi mi ricordo benissimo, che, invece di giardiniere, c'è scritto *gardinere*, senza l'*i*.

– Gardinere? – ripeté la Norina impermalita. – Mi pare impossibile!

– Cioè?

– Voglio dire – soggiunse, ripigliandosi in tempo – mi pare impossibile che il signor Folletto non sappia che c'è bisogno dell'*i* per scrivere giardiniere. Sono i primi principii della lingua italiana, che sappiamo tutti a memoria come l'Avemmaria.

– Sia favola o storia? – domandò l'Emilia, senza perder d'occhio la fisonomia delle due sorelle, – che cosa ne dici, Clarenza?...

– Per me è tutta una favola – rispose la moglie di Federigo, studiandosi di dissimulare l'agitazione che aveva addosso. – Ma, bada! potrebbe anche darsi che ci fosse un po' di storia.

– Nessuna di voi si è accorta mai di nulla?...

– Di nulla! proprio di nulla! – replicarono all'unisono le due sorelle.

– La credo una favola anch'io! – continuò a dire la contessa. – Più ci penso, e più mi pare impossibile che Mario potesse esser capace... specialmente ora... in questo momento...

– Per codesto, cara mia, io credo gli uomini capaci di qualunque cosa... fuori che d'una buona azione! – disse Clarenza con l'accento della bizza mal repressa.

– Con tutti i vostri discorsi, mi fate far la mezzanotte in casa! – soggiunse la Norina, contentissima di poter interrompere una conversazione, che minacciava di diventar pericolosa. – Io vado al teatro. Vuoi venire anche tu? – domandò all'Emilia.

– In quest'arnese da viaggio?

– Stai benissimo.

– Ebbene, verrò al teatro anch'io. Così la serata passerà più presto.

– Addio a poi, Clarenza! – disse la Norina, mettendosi la mantiglia sulle spalle.

– Come! tu rimani in casa? – chiese la contessa con un accento di curiosità singolarissima.

– Sì rimango in casa. Non mi sento benissimo.

– Ti senti male? Oh povera Clarenza! In questo caso, non vado al teatro neanch'io! Voglio restare a farti un po' di compagnia.

– Ti prego, Emilia, non far complimenti con me!

– Ti dico che non vado!

– Bada, ti annoierai. Debbo avvertirti che quando mi prende questo maledettissimo dolor di capo, ho bisogno di dormire almeno un par d'ore.

– Dormi pure. Dormirò anch'io! Ne ho tanto bisogno. Figurati che mi sono alzata alle otto!...

– Fai come credi!...

– Eppoi... te ne voglio dire un'altra: qui, nel cuore, ho un presentimento curioso! Lo so da me che è una sciocchezza, una cosa senza senso comune... ma pure mi son messa in capo che Mario... debba tornare a casa da un momento all'altro.

– Se ti dico che è partito!...

– Avrà detto di partire... ma poi è così sfatato!... Chi ti dice a te che non abbia fatto tardi?

– Dov'è, dov'è questa signora Emilia? – gridò Federigo, entrando in sala e andando a stringere la mano alla contessa.

– Come avete saputo del mio arrivo?...

– Quella buona donna della Bettina! Appena sono entrato in casa, la Bettina mi ha detto: sa, cavaliere, chi è arrivato?

– Cavaliere!... – domandò l'Emilia in atto di rallegrarsi.

– Per carità, contessa, chiamatemi Federigo, come mi avete chiamato finora! o ci guastiamo. Peccato del resto che siate arrivata un po' tardi.

– Tardi?... e perché? io spero, invece, di essere arrivata in tempo... almeno non voglio perder quest'illusione! – soggiunse l'altra con quel fare sbadato della persona che parla a caso: e nello stesso tempo lanciò alla Clarenza un'occhiata rapidissima, che parve uno di quei baleni di luce, prodotti da un piccolo specchio agitato sotto uno spiraglio di sole.

– Un'ora più presto – continuò Federigo – e avreste trovato Mario in casa. Ormai per questa sera ci vuol pazienza.

– E quando ha detto di tornare?...

– Forse, domani, col treno di mezzogiorno.

– È proprio partito?

– L'ho accompagnato io fino alla stazione: o per dir meglio, li ho accompagnati tutti e due, lui e il ministro.

– E avete aspettato che il treno partisse?

– No!

– Allora, ho sempre una speranza!

– Avrei aspettato volentieri, ma quel benedetto uomo di Mario ha cominciato a dire che l'aria era rinfrescata, e che io avrei fatto bene a venir subito a casa a mutarmi di vestito.

– È così pieno d'attenzioni mio marito, alle volte!

– A proposito di attenzioni, sapete che il vostro Mario mi ha fatto stasera una di quelle birichinate, che me ne ricorderò per tutta la vita!

– Che cosa vi ha fatto?

– Sentite, e giudicate voi se non passa quasi il limite dello scherzo. Appena uscito di casa, un'ora fa, siamo andati alla *Locanda Maggiore*, dove era albergato il ministro. Premetto che io gli aveva dichiarato anticipatamente che in nessun modo volevo esser presentato a Sua Eccellenza. Avevo le mie ragioni per serbare questo contegno e basta. È tutta una questione di principii, e coi principii non si scherza! Giunti che siamo alla locanda dico a Mario. «Vai pur tu, e fai tutto il tuo comodo: io ti aspetto qui fuori, passeggiando e pigliando una boccata d'aria». Dopo pochi minuti, che ero lì sulla porta dell'albergo, eccoti che scende le scale un giovine, pulitamente vestito, il quale, presentandosi a me e titubando, mi dice: «Scusi: è il cavaliere Fabiani?» «Per ubbidirla» rispondo io. «Cavaliere! il signor ministro la prega di salire un momento da lui». «Grazie... non posso davvero... eppoi in questo abito». «Io la prego, cavaliere, da parte di Sua Eccellenza». «Un'altra volta... stasera è impossibile». Insomma, cavaliere di qui, cavaliere di là, cavaliere di sotto, cavaliere di sopra, ho dovuto arrendermi, e ho finito col rassegnarmi a salire le scale della *Locanda Maggiore*. Quelle scale saranno sempre il più gran rimorso della mia vita!

– Se indugiamo dell'altro – disse la Norina, alzando la voce – vedo bene che arriveremo a commedia finita.

– Io son pronto – replicò Valerio, infilandosi i guanti.

– E voi, Leonetto, ci accompagnate? – domandò la sorella di Clarenza.

– Sarei venuto volentierissimo anch'io: ma per l'appunto sono impegnato. Bisogna che fra un quarto d'ora mi trovi al municipio.

– Qualche matrimonio forse? – domandò Federigo.

– Precisamente – rispose il giornalista. – Sono testimonio alle nozze del marchesino di Santa Teodora con miss Edwige Clarence, la figlia del console americano.

– Stasera?... proprio stasera? – chiese la Norina con una vivacità appassionata, che non seppe dissimulare.

– Fra una mezz'ora – replicò Leonetto.

– Sia ringraziato il cielo! – sclamò la furba vedovella, mutando istantaneamente di fisonomia, e diventando tutta tranquilla e sorridente. – Sia ringraziato il cielo! e ora ditemi un poco, signor Valerio, vi pare che le vostre paure fossero ragionate?

– Compatitemi, cara mia, sapete bene che chi ama, teme.

Intanto nelle stanze d'ingresso si udì una voce d'uomo, e un rumore di passi.

– Possibile! – gridò Federigo – ma se non sbaglio, questa è tutta la voce di Mario.

– Finalmente!... – disse il conte precipitandosi in sala, e correndo ad abbracciare sua moglie: – Questa è stata proprio una combinazione fortunata!... Pareva proprio che il cuore me lo dicesse!...

– E io che, a quest'ora, ti credevo già arrivato a San Giusto!...

– Debbo ringraziare il caso: il caso, stasera, è stato il mio angelo tutelare: figurati che mio zio ed io eravamo già entrati in vagone: la macchina soffiava: il treno stava per partire: quand'io mi accorgo, a un tratto, di aver dimenticata la sacca da viaggio nel caffè della stazione. Salto in terra, e corro verso il caffè... la sacca era sparita. «Chi ha preso la mia sacca?» «L'ho consegnata ad una guardia» risponde il caffettiere. «E dove me l'avrà portata?» «Forse nella stanza del capostazione». E via di corsa nell'ufficio del capostazione. L'ufficio era chiuso. Busso, chiamo, bestemmio... finalmente... la porta si apre... prendo la sacca... e torno in cerca del vagone... ma in quel momento la macchina fischia, il treno si muove... e io...

– E tu, com'è naturale, corri subito a casa, sapendo che qui ti aspettava... tua moglie...

– Non lo sapevo, di certo, ma ti giuro che me l'ero figurato – replicò Mario con quella naturalezza che acquista l'uomo quando ha imparato a dire la bugia collo stesso candore della verità.

– E ora che cosa facciamo? – domandò Federigo, consigliandosi colla conversazione sul modo migliore di passare il rimanente della serata.

– Propongo una cosa – disse Clarenza: – andiamo tutti al teatro.

– Io non ci vengo davvero – rispose la Norina con aria svogliata. – Oramai è tardi!

– C'era forse qualche commedia nuova? – domandò l'Emilia.

– Nuova? Non lo so. Ho visto sui giornali che stasera recitavano *I Ragazzi grandi*.

– Allora ho capito – disse Leonetto, sorridendo – è una commedia vecchissima, ma diverte sempre.

Il giorno dopo, il conte Mario e sua moglie, dovevano

partire, giusta il loro fissato, per un lungo viaggio (un viaggio almeno di un anno, così dicevano i patti della riconciliazione) attraverso ai principali paesi della Germania.

Ma la contessa, per buona fortuna, fece osservare che era di venerdì: e le persone prudenti debbono scansare di mettersi in viaggio, nel giorno più funesto di tutta la settimana!

Concordi su questo punto, i due coniugi, invece di prendere il volo per Vienna, stimarono ben fatto di tornare per qualche giorno in famiglia – e la sera stessa partirono alla volta di Genova.

Il cerimoniale degli addii fu cordialissimo – e qualche volta commoventissimo.

La Clarenza, colto un frattempo, disse piano al conte, ridendo tutta contenta: – Povero Mario?... vi ho dato una bella lezione!...

– A me?

– Voglio sperare che non ve ne sarete avuto a male.

E potrete credere, Clarenza, che sarei stato capace?... Ah! no, mille volte! la mia adorazione per voi aveva un limite sacro, inviolabile... l'amicizia per Federigo!

E Clarenza e il conte, in quel momento, parlavano in buona fede e credevano tutti e due di dire la verità.

Valerio com'era facile a prevedersi, finì collo sposare la Norina... per più motivi, e specialmente per far vedere che era un uomo di carattere serio, e non già un ragazzo – mentre la Norina, dal canto suo, si compiaceva di raccontare alle amiche intime (e tutte le amiche diventano amiche intime per una donna che ha bisogno di far sapere un segreto), si compiaceva, dunque, a raccontare che se avesse voluto, avrebbe potuto sposare il marchesino di Santa Teodora; ma che, invece, per dar retta al cuore, si era sacrificata (sic) e aveva fatto un matrimonio d'inclinazione.

Leonetto, il giornalista, innamorato fino agli occhi di Armanda – forse appunto perché dapprincipio ne aveva detto moltissimo male – l'avrebbe sposata anche subito – ma non osava farlo, per paura della marchesa Ortensia.

Per buona sorte la Provvidenza (si vede proprio che c'è una provvidenza anche per quelli che pigliano moglie), si recò a visitare la marchesa, sotto la forma di una bronchite acuta: e il giornalista, profittando della favorevole occasione, condusse dinanzi al sindaco quella fanciulla adorata, che il cielo manifestamente aveva creata apposta per lui.

Quando la notizia si divulgò per il paese, la Sorbelli, ch'era già in via di guarigione, dissimulò con disinvoltura il proprio risentimento. Il marchese, invece, andò su tutte le furie. Il pover'uomo non sapeva capacitarsi, come mai un amico suo di casa, come Leonetto, avesse potuto meditare e concludere un matrimonio, senza dirne prima una mezza parola almeno alla marchesa – alla marchesa che aveva fatto tanto per lui!

Dopo nove mesi, Armanda diè alla luce una bambina – alla quale Leonetto volle per forza che fosse imposto al fonte battesimale il nome di Ortensia.

La cosa dispiacque vivamente alla giovine madre: ma fece piacere alla Sorbelli, la quale, appena riseppe quest'episodio intimo di famiglia, dismesse il suo contegno fin'allora freddo e riservatissimo, e andò a far visita alla puerpera, parlandole per mezz'ora dei grandi pensieri della maternità e prognosticando da certi segni particolari, che la bambina, fatta grande, avrebbe avuto degli occhi bellissimi e una quantità di capelli straordinaria – come suo padre!

Da quel giorno in poi, Leonetto e la marchesa Ortensia ritornarono buonissimi amici, come prima; e quel galantuomo del marchese, riacquistata un po' di tranquillità in casa, e detto addio alla politica (il paese non era ancora maturo per lui), si dedicò interamente allo studio del filugello, proponendosi di sciogliere il problema, se durante la malattia del seme, si potesse ottenere dal baco da seta almeno del cotone di primissima qualità!

Quanto alla Clarenza e all'Emilia, la commedia durò per quasi un anno: si scrivevano di tanto in tanto; si baciavano per lettera – ma, in sostanza, fra di loro non si potevano soffrire.

Venne finalmente un bel giorno, in cui la moglie di Federigo cessò improvvisamente ogni relazione e ogni corrispondenza amichevole colla contessa – e la ragione, a quanto pare, fu questa.

La Clarenza era venuta a sapere che Giorgio – quel Giorgio delle bagnature e dell'amor platonico coll'Emilia – per un seguito di combinazioni (tutte combinazioni, l'una meno combinazione dell'altra) aveva nuovamente riattaccato il cappello in casa di Mario.

Questo fatto, la stomacò (sono sue parole testuali); tant'è vero che parlandone a quattr'occhi con suo marito, era solita dire facendo colla bocca un atto di disgusto ineffabile: – Non mi fa meraviglia dell'Emilia, l'Emilia oramai è... quel che è! Chi davvero mi sorprende, è Mario!... E io che lo credevo un uomo d'onore!... Che roba!... che roba!...

Accadde in questo tempo che, una sera, Mario, arrivando da Genova, andò tutto pallido e trasfigurato a bussare alla casa dell'amico Fabiani.

Cos'è, cosa non è, alla fine Federigo poté capire che il conte, avendo giuocato pazzamente alla Borsa, si trovava dinanzi a un pauroso dilemma (pauroso, s'intende bene, in modo molto relativo!) vale a dire, o pagare – o far la figura del giuocatore onorato... che non paga i suoi debiti di giuoco!...

Federigo, che per date e fatto di Mario, si era trovato nominato cavaliere – poi sindaco – e che, per l'assistenza del medesimo santo, si sentiva già in odore di grand'ufficiale o di commendatore, proclamò il gran principio, che «l'amico all'occorrenza, deve sacrificarsi per l'amico», e il giorno dopo, col portafoglio pieno di fogli di Banca, partì per Genova, dicendo al conte: «Aspettami qui; al mio ritorno, ti dirò tutto, e aggiusteremo ogni cosa fra noi due!»

La consolazione di Mario, in quel momento, fu tanta e tale, che non potendo resistere a un impulso del cuore, gettò le braccia intorno al collo dell'amico, e lo baciò ripetutamente, bagnandogli le gote con qualche lacrima di profonda e incancellabile riconoscenza.

Federigo credeva di trattenersi a Genova un giorno o due, tutt'al più; invece si trattenne quattro. Quando ritornò a casa, la prima cosa che disse a Mario fu questa:

– Tutto è accomodato! – ed era allegrissimo e soddisfatto, come se si fosse trattato di cosa sua.

Il conte, forzato da circostanze imperiose, dové partire la sera stessa.

Nell'atto di congedarsi e di uscir fuori dalla porta di casa, la Clarenza gli sussurrò, con un certo accento di voce e con una certa guardata d'occhi, che davano molto da pensare: – Appena arrivato, rammentati di scrivermi subito!...

Federigo, che per prudenza doveva essere un poco più distante, e che invece, per una inavvertenza imperdonabile, si trovava molto vicino, intese quelle parole, o almeno gli parve d'intenderle; – il fatto sta che, ripensandoci su, non poté chiudere un occhio in tutta la notte!

Meno male che la sera dopo andò a letto alle dieci, e si svegliò la mattina seguente a mezzogiorno preciso!

UN CAVALIERE DEL SECOLO XIX

Aspettò con rassegnazione fino al 1880: ma poi gli scappò la pazienza, e cominciò a dire a tutti che lui di gingilli cavallereschi non voleva saperne, e che aveva sempre pregato Dio perchè, in mezzo a tante miserie umane, gli avesse almeno risparmiata l'umiliazione di vedersi fatto cavaliere.

E Dio parve disposto a contentarlo.

Passarono, difatti, dal 1859 in poi, centotrenta o centoquaranta ministri (è difficile contarli tutti per bene), e fra questi ministri non ve ne fu uno solo, che si ricordasse di Bruto Tanaglia, fabbricante di tessuti di canapa a Borgunto, Sotto-Prefettura rurale e capoluogo di circondario.

Intanto le croci piovevano a Borgunto, e, sbatacchiate dal vento di qua e di là, andavano a posarsi ora addosso al Sindaco, ora addosso agli assessori, ora sul berretto del farmacista, ora sul capo del medico-condotto, ora sulla giacchetta del caffettiere.

E in mezzo a questo acquazzone di croci, l'unico che, disgraziatamente rimanesse sempre asciutto, era il povero Bruto.

Il quale, in segreto, si mangiava l'anima dalla passione: ma in pubblico sorrideva olimpicamente, sfogandosi a dire e a ripetere a tutti che lui di gingilli cavallereschi non voleva saperne, e che aveva sempre pregato Dio perchè, in mezzo a tante miserie umane, gli avesse almeno risparmiata l'umiliazione di vedersi fatto cavaliere.

Intanto la moglie di Bruto, che era una donnetta simpatica, svelta e ammaestrata alla scuola del vivere in questo mondo, impensieritasi di vedere che il marito si struggeva a occhiate per una pena di cuore, fece come suol dirsi, un animo risoluto: e cogliendo un bel giorno l'occasione che il deputato di Borgunto era venuto in paese a far le vacanze di Pasqua, si vestì su per giù come la biblica Giuditta, quando partì per il campo di Oloferne, e con un velo fittissimo calato sugli occhi se ne andò diritta diritta a casa del Deputato.

Quel che gli dicesse, nessuno lo sa: ma deve avergli detto per largo e per lungo tutto quello che voleva dirgli; perchè i maligni e gli sfaccendati, che la videro entrare in casa, stettero apposta coll'orologio in mano, per poi cavarsi il gusto di concludere che si era trattenuta almeno una mezz'ora buona più del bisogno.

Fatto sta che, nel ritornarsene via, ella disse dentro di sè:

– Io l'ho fatto a fin di bene e per la felicità di mio marito! Iddio mi vede il cuore!... e sono sicura che mi perdonerà.

E detto così, si sentì subito più consolata.

Venti giorni dopo io capitai in casa Tanaglia.

Mentre si stava lì facendo l'ora per andare a tavola (a Borgunto pranzano tutti a mezzogiorno), il mio buon amico Bruto mi ripeteva, senza avvedersene, per la quindicesima volta, che lui di gingilli cavallereschi non voleva saperne e che aveva sempre pregato Dio, perchè in mezzo a tante miserie umane, gli avesse almeno risparmiata l'umiliazione di vedersi fatto cavaliere.

Quand'ecco che la serva di casa entrò nella stanza e gli presentò un plico sigillato.

Appena aperto il plico, il viso di Bruto s'illuminò di un sorriso subitaneo e nervoso, e dalla sua bocca scoppiò un *finalmente!...* che parve proprio una pistolettata.

Ma poi rammentandosi che non era solo, si ricompose in un attimo; e pigliando l'atteggiamento accademico del Gladiatore morente, mugolò con voce cupa e tentennando il capo:

– Questa poi non me l'ero meritata!

– Che cosa t'è accaduto? – gli domandai.

– Mi hanno fatto cavaliere!

– Ci vuol pazienza, caro mio! È una disgrazia che può toccare a tutti. Non siamo sicuri neanche a letto.

– Che cosa mi consigli? debbo rimandarlo questo gingillo?

– Fa' tu: ma ti avverto che quando le decorazioni sono diventate epidemiche, c'è più modestia a ritenerle che a mandarle indietro.

– Dimmi una cosa: come si costuma in queste disgraziatissime circostanze? Usa scrivere qualche parola di ringraziamento?

– Per il solito, sì.

– Ma io non rispondo nulla.

– Padronissimo!

– Tutt'al più, posso rispondere due versi, tanto per dire che ho ricevuto il plico.

– Basta e ne avanza.

Bruto andò al tavolino, e preso un foglio di carta levigatissima e postosi in atto di scrivere, mi disse:

– Dettameli tu questi due versi: non ho mai avuto gamba a scrivere simili cortigianerie!

Allora, senza farmi pregare, io cominciai a dettargli così:

– «Signor Ministro!»

– Signor Ministro?... – fece Bruto alzando il capo e guardandomi in viso. – Invece di *Signor Ministro* non sarebbe meglio di dargli un po' d'Eccellenza?

– A me, piace più «signor Ministro». Ci si sente meglio il

fare dell'uomo che se ne infischia.

– Verissimo: ma i ministri, credilo, ci tengono all'Eccellenza. Fa' a modo mio: diamogli dell'Eccellenza!

– Dunque scrivi *Eccellenza!* Posso andare avanti?

– Va' pure.

– «Sono sensibile all'onore....».

– Quel *sensibile* – disse Bruto, infilandosi la penna dietro l'orecchio – mi pare un po' troppo corto: se si mettesse, invece, *sensibilissimo?*

– Allora scrivi «sono sensibilissimo all'onore...».

– Mi piacerebbe più «all'alto onore» – osservò l'amico.

– Perchè *alto?* quell'*alto* è un vocabolo esagerato.

– Non è vero: te lo provi che nelle lettere a qualche pezzo grosso si dice sempre *alta stima* e *alta considerazione*, anche quando s'ha l'intenzione di non dir nulla.

– Ebbene, – risposi io annoiato – scrivi un po' come ti pare, e non se ne parli più.

Scritta la lettera e sigillata, Bruto s'alzò, e presomi per tutte e due le mani, mi disse con accento basso e concitato:

– Ora ho bisogno da te di una prova di vera amicizia.

– Quale?

– Non devi raccontare a nessuno questa ragazzata della croce! A nessuno! Voglio che resti un segreto per tutti. Che vuoi che ti dica? Saranno sofisticherie; ma non mi so rassegnare a sentirmi dare del cavaliere.

– E io non lo racconterò a nessuno! Ma nemmeno a tua moglie?

– Dio te ne liberi! Sarebbe lo stesso che dirlo a tutto il paese.

In quel momento apparve nella stanza la moglie: la quale, visto il marito in uno stato di profonda costernazione, gli domandò premurosamente:

– Che cos'hai? ti senti male?

– Una delle mie solite fortune! – replicò Bruto con accento d'infinita amarezza.

– Cioè?

– Leggi!... – E consegnò alla moglie il diploma del cavalierato.

– Oh! finalmente!... – gridò la signora Bianchina tutta contenta. – Sia ringraziato Dio!

– Ringrazialo tu. Quanto a me, l'unica cosa che mi fa piacere, in questo tristissimo quarto d'ora, gli è di sapere che la croce non l'ho chiesta come fanno tanti.... anzi come fanno tutti! Dunque, se l'ho avuta, l'ho avuta per merito tutto mio, per quel po' di merito personale, che nessuno mi nega.

A queste parole la signora Bianchina, sebbene fosse una donna di molto spirito, abbassò gli occhi e fu lì lì per arrossire; ma si riprese in tempo e disse dentro di sè:

– Io lo feci a fin di bene, e per la felicità di mio marito! Iddio mi vede il cuore! e sono sicura che mi perdonerà.

E dopo si sentì subito più consolata.

Intanto Bruto suonò il campanello.

– Ha chiamato lei, signor Bruto? – disse la Rosa affacciandosi in sala.

– Brava Rosa! – gridò il mio amico. – Chiamami sempre il signor Bruto. Io mi chiamo così. Guai a te se una volta, una volta sola, ti scappasse detto, signor Cavaliere.

– Come, come? È stato fatto Cavaliere?

– Non ne so niente! Ti ripeto che io mi chiamo Bruto, e che in casa mia non conosco cavalieri! Hai capito, Rosa?

– Ho capito, signor Cavaliere.

– Da' una corsa qui da Marcello e senti se potesse arrivare un mezzo minuto da me.

– Il signor Marcello sale in questo momento le scale.

Marcello era il proprietario del biliardo pubblico di Borgunto. La sera segnava i punti ai giocatori di carambola, e nel giorno, non avendo da far nulla, compilava le notizie per il *Foglio ufficiale* della Sotto-prefettura, giornale che si pubblicava regolarmente due volte l'anno, e tre volte negli anni bisestili.

– Mi rallegro, ma proprio di cuore! – disse Marcello, stringendo la mano a Bruto.

– Quando l'hai saputo? – domandò l'altro, lisciandosi i baffi con tutte e due le mani, per nascondere un risolino d'infinita consolazione, che gli balenava sulle labbra.

– L'ho saputo mezz'ora fa dal Sotto-Prefetto. Domani mando fuori apposta un supplemento per annunziare la tua nomina.

– Per carità, non lo fare. Mi daresti un vero dolore.

– Perchè?

– Tu conosci i miei principj! Io non amo di dar pubblicità a queste ragazzate.

– Come c'entri tu?

– Ti ripeto, che mi daresti un vero dolore... e mortificheresti un amico!...

– Quand'è così, ci rimedieremo.

– Come?

– Vado subito alla stamperia e faccio sospendere ogni cosa.

– Oramai lascia correre. Mi dispiacerebbe che, per causa mia, quei poveri stampatori dovessero perdere una giornata di lavoro. Pazienza! Bisogna rassegnarsi a bevere l'amaro calice fino in fondo!

Intanto la Rosa venne a dire che la zuppa era in tavola.

– Andate e pranzate pure senza di me, – gridò Bruto pigliando il cappello e la mazza. – Io voglio arrivare qui dal parrucchiere per farmi tagliare i capelli.

Quando Bruto entrò nella bottega del parrucchiere, il padrone e i suoi due garzoni cominciarono a strillare:
– Buon giorno, signor Cavaliere!
– Si accomodi, signor Cavaliere!
– Vuol farsi la barba, signor Cavaliere?
– Vuol tagliarsi i capelli, signor Cavaliere?
In quel medesimo giorno, il mio amico Bruto tornò a farsi tagliare i capelli cinque volte.

Il parrucchiere, sebbene invecchiato nella professione, non aveva mai veduto il caso di una capigliatura, che avesse bisogno di essere tagliata ogni tre quarti d'ora: per cui non sapendosi spiegare questo fenomeno, finì col credere che la croce di cavaliere, fra le altre belle cose, fosse anche un cosmetico prodigioso per far crescere i capelli.

Che cosa sono i parrucchieri per certe ingenuità maligne!

UN UOMO SERIO
I.

E vostro marito che fa? – domandò Ginesio, guardando attentamente l'orologio, come una persona che abbia paura di perdere il treno della strada ferrata. – E la sua mercatura delle pelli va sempre bene?

– Pare che sia deciso di lasciarla, – rispose Clarenza, con un sospiro di contentezza.

– Lasciarla? e perchè?

– Per potersi dedicare interamente alla vita politica.

– Come! Federigo lascia le pelli per la politica? Un brutto baratto, cara mia: se ne avvedrà al bilancio. E la Norina?

– Sta sempre in casa con noi.

– Non si è rimaritata?

– Per ora no.

– Mi fa specie! Così giovine e così graziosa!

– Vi dirò, mia sorella è una buonissima figliola, ma sta male qui! – e la Clarenza si toccò con un dito in mezzo alla fronte, pantomima semplicissima che serve per fare intendere che una persona ha poco giudizio. – La Norina, in certe cose, è una bambina! una bambina di dodici anni!

Appena la Clarenza ebbe detto così, si alzò in punta di piedi e andò a dare un'occhiata fuori della porta di sala.

– Che cosa significa tutto codesto mistero? Mi par d'essere alla commedia, – disse Ginesio ridendo.

– C'è la sua ragione, – rispose Clarenza, abbassando la voce. – bisogna sapere che la Norina, fin da piccola, ha avuto sempre la smania di stare dietro agli usci a sentire i discorsi che si fanno...

— Nossignora, nossignora! — gridò la Norina, entrando in sala tutta impermalita. — Io non l'ho avuta mai codesta smania! Qualche volta mi può essere accaduto... ma per disgrazia.

— Si stava giusto parlando di te.

— Lo so... cioè me lo figuro.

— Raccontavo al signor Ginesio il grande sproposito che hai fatto.

— Quale sproposito?

— Quello di aver disgustato...

— Chi? Valerio?

— Precisamente lui.

— Per carità, Clarenza, — disse la Norina pigliando la sorella per il viso e dandole un piccolo morsettino nel labbro di sotto — per carità, se mi vuoi bene, non mi parlar più di Valerio.

È un motivo vecchio. A furia di sentirlo ripetere tutti i giorni, questo Valerio mi è venuto a noja come la *Pira del Trovatore*.

— E chi è questo Valerio? — domandò Ginesio.

— Un brav'uomo, — rispose Clarenza — un uomo serio.

— Bello?

— Nè bello nè brutto, — disse la Norina. — La vera stoffa per farne un marito uggioso! Se lo sposassi, si sarebbe due disgraziati.

— Sì, sì! Va' pur là, che sposerai quell'altro!...

— Ah! dunque c'è un altro? — domandò il signor Ginesio.

— Vi dirò, — rispose la Norina con un po' di bizza, — la mia signora sorella, non avendo da far nulla, si diverte a raccontare a tutti che io ho posto le mie speranze sul marchesino Marliani.

– È un bel giovine?

– È Marchese! ecco tutta la sua bellezza, – replicò Clarenza, scrollando il capo.

– Ma sapete, Ginesio, che la mia sorella è curiosa! A dar retta a lei, bisognerebbe che tutte le donne sposassero dei negozianti di pelli.

A queste parole, fra le due sorelle vi fu uno scambio d'occhiate, che parvero tanti baleni.

– Signore, mi dispiace, ma sono costretto a lasciarvi – disse allora Ginesio, prevedendo vicino un po' di temporale.

– Avete ancora più di mezz'ora di tempo.

– Lo so; ma quando si viaggia colla strada ferrata è sempre meglio arrivare alla stazione mezz'ora prima, che mezzo minuto dopo partito il treno.

II.

Il signor Ginesio non aveva ancora svoltata la cantonata della strada, quando Federigo tornò a casa, e sdrajatosi scalmanato e mezzo morto in una poltrona, cominciò a dire, ansando, alla moglie e alla giovine cognata:

– Care mie! Guai, quando un uomo diventa necessario al suo paese! Guai! Per lui è finita: per lui non c'è più bene, non c'è più pace, non c'è più tranquillità. Se io avessi un figliuolo, gli direi: cerca di vivere oscuro, e ringrazia Iddio che non ti ha dato l'ingegno che volle dare al tuo povero padre. Finalmente questo candidato dell'opposizione l'abbiamo trovato.

– Chi l'ha trovato? – domandò Norina.

– Io.

– E sarebbe?...

– Il conte Lorenzi.

– Non è un'aquila...

– Ma è un uomo onesto! Non ha mai detto bene di nessun ministero.

– Non sa nemmeno parlare.

– Peraltro, legge bene: e questo è un gran requisito per un oratore. A proposito, Valerio si è veduto?

– Come! che forse Valerio deve venir qui? – disse la Norina maravigliata.

– Ha promesso, alle due, di portarmi a leggere la copia del nostro contratto.

– O il suo giuramento di non rimettere più i piedi in questa casa?

– Giuramenti che non tengono. Sai che cosa dice Valerio? Dice, e dice benissimo, che vuol tornare a frequentare la casa mia, come prima, appunto per far vedere al mondo che lui è un uomo serio e che non patisce di bizze, come i bambini.

– Come son curiosi, questi uomini serj, – gridò la Norina, dando in una gran risata.

– Ridi quanto ti pare, – replicò Federigo, – ma quello era il marito che ci voleva per te.

– Pur troppo: ma io non mi voglio rimaritare. L'hai capita? non-mi-vo-glio ri-ma-ri-ta-re!

– Un gran brav'uomo quel Valerio!

– Ma tanto antipatico!

– Così pieno di giudizio!

– Ma tanto nojoso!

– Assessore municipale...

– Meglio per lui!

– Ispettore delle Scuole...

– L'ho caro per i ragazzi!

– Presidente della nostra Banda musicale...

– Gli fa un bell'onore!

– Due volte in pericolo di esser fatto deputato...

– È inutile, Federigo, che tu ti sfiati, – interruppe la Clarenza. – Ormai l'idea della mia sorella la dovresti conoscere: o Marchesa o nulla.

– È un programma come un altro, – rispose Federigo; – ma la speranza di diventar Marchesa mi pare oramai una speranza fallita.

– E perchè fallita? – disse la Norina con un tono di voce secco e quasi impertinente.

– Allora vuol dire che non sai nulla.

– C'è forse qualche novità?

– Fino da ieri mattina, il marchese Rodolfo Marliani è notoriamente fidanzato colla figlia del ministro d'Olanda.

Norina voleva rispondere qualcosa, ma s'imbrogliò e non riuscì a spiccicar parola.

Vi fu un lungo silenzio, durante il quale, la Norina spelacchiò lentamente, a una foglia per volta, una bellissima rosa maggese, che aveva in mano: poi rialzando un poco il capo, domandò con voce lunga e svogliata:

– E la sposa è bella?

– Trecentomila lire di dote, – rispose Federigo.

A questa risposta tenne dietro un altro lunghissimo silenzio. Intanto la Clarenza tutta contenta, com'è naturale, di veder mortificata la sorella, uscì piano piano dalla sala.

III.

– E ora a che cosa pensi? – domandò dopo un po' di tempo Federigo, vedendo la Norina che era rimasta immobile, come una statua, coi gomiti appoggiati sulla mensola del caminetto e col viso nascosto nelle mani.

– Penso a quella disgraziata!...

– A chi?

– Alla figlia del ministro d'Olanda! Povera ragazza! Non poteva capitar peggio. Quel Marliani è un grande imbecille!

– È quello che ho detto sempre anch'io.

– O io?

– Eppure scommetto che tu l'avresti preferito a Valerio!

– Vuol dire che non mi conosci! – replicò Norina, risentendosi come se fosse offesa; poi soggiunse subito: – Fra carattere e carattere, c'è un abisso. Valerio è un uomo serio! Forse un po' troppo serio, ma un uomo che può far sempre la felicità, e anche l'orgoglio di una donna! Mentre quell'altro è un ragazzaccio... per non dir altro!

– Oh! Norina! Peccato che tu non abbia più idea di rimaritarti!

– Chi l'ha detto?

– Io no.

– Nemmeno io.

– Allora l'avrò detto io.

– Io ho detto che non voglio rimaritarmi..., beninteso, fino a tanto che non trovo il mio ideale, la persona che veramente mi vada a genio.

– Vorrei sapere perchè Valerio ti è tanto antipatico.

– Chi ha detto che m'è antipatico?

– Io no.

– Nemmeno io.

– Allora l'avrò detto io. Del resto Valerio, per quel che fa la piazza, come diciamo noi altri negozianti, mi pare un eccellente partito.

– Un partito d'oro! Peccato che sia un po' troppo permaloso!...

– Sarà permaloso!... ma via, siamo giusti, anche tu l'hai trattato piuttosto male.

– Chi l'ha trattato male? io? – gridò la Norina, rivoltandosi come un basilisco.

– No, no: te no: sarò stato io. Ma se oggi mi provassi a riannodare quest'amore?...

– Con quel superbiosaccio? mi pare che ti farai canzonare.

– Pazienza! A buon conto Valerio è stato innamoratissimo: e l'amore, quando è di quello buono, somiglia alle malattie di petto: lascia sempre una convalescenza molto lunga. Vuoi che mi ci provi?

– Te lo posso forse impedire?

– Peraltro, intendiamoci bene: caso mi riuscisse di ricondurlo alla fede, spero che non mi farai la figura di berlicche e berlocche!

– Diavol mai! non sono mica una bambina!

– Il signor Valerio – disse la Bettina, affacciandosi sulla porta di sala.

IV.

Quando Valerio entrò nella stanza, la Norina era di già sparita.

– Son venuto a portarti la minuta del nostro contratto. Vedila a tutto tuo comodo, e dopo mi saprai dire se va bene...

– Anderà benissimo. Così è, amico mio; fra qualche giorno noi saremo soci d'industria: e pensare che si poteva essere anche qualche cosa di più!

– Cioè?

– Anche parenti. Mah!

– La colpa non è stata mia.

– La colpa è stata di chi è stata. Ma tu lasciamelo dire, ti sei mostrato troppo ostinato, troppo inflessibile...

– Io, caro amico, son fatto così. Io son un uomo tutto d'un pezzo. Mi rompo ma non mi piego.

– Eppure con un po' di buona volontà con un po' di cedevolezza da una parte e dall'altra...
– Impossibile!
– Ma perchè?
– Federigo! Io non sono un ragazzo. Questi ritornelli, in amore, mi paiono scusabili appena a dodici anni! Un uomo serio si rompe, ma non si piega.
– Metti il caso che si trattasse di un equivoco... di un puntiglio... di un malinteso. Perchè allora non si dovrebbe trovare il modo d'intendersi e di ritornare come prima?
– Come prima? mai, mai e poi mai! Se io, per disgrazia, cadessi in questa debolezza, mi vergognerei di me stesso. Diventerei ridicolo agli occhi di tutti: mi parrebbe di essere il Don Fulgenzio degl'*Innamorati* di Goldoni: te lo ricordi?
– Gli uomini di carattere mi piacciono anche a me: ma, via, il troppo stroppia.
– Io son fatto così! È una disgrazia, ne convengo: ma la natura non si cambia. Io son capace di soffrire, di rodermi il cuore, di mangiarmi l'anima!... Ma una debolezza.... una ragazzata, mai!
– Povera Norina! Eppure sarebbe riuscita una buona moglie.
– Per tutti, fuori che per me.
– E il motivo?
– Perchè la Norina è una pazza, una volubile, una stravagante, una capricciosa.

V.

– Scusi, signore impertinente – disse la Norina, entrando in sala con passo risoluto e rizzandosi in punta di piedi, tanto da mettere il suo naso a livello col pizzo di Valerio. – Chi le ha dato il diritto di parlare di me con tanta franchezza? È forse lei il mio fidanzato?

– No davvero.

– Il mio tutore?

– Nemmeno per sogno.

– Il mio direttore spirituale?

– Dio me ne guardi!

– E allora, perchè si piglia tanto pensiero di me?

– Tutt'altro: io stavo qui rispondendo all'amico Federigo, il quale mi voleva persuadere...

– Lo voleva persuadere! Ha fatto malissimo.

– Ma se non sai nemmeno di che cosa volevo persuaderlo – interruppe Federigo.

– Me lo figuro; ed hai fatto malissimo.

– Lasciami finire...

– Te l'ho detto tante volte: Federigo, pensa ai fatti tuoi e non ti occupare di me!

– Lasciami finire.

– Io non ho bisogno di avvocati e di difensori!...

– Io ragionavo con Valerio...

– Non dovevi ragionare. Hai fatto malissimo.

– Pazienza! Farò meglio un'altra volta, – disse Federigo stringendosi nelle spalle: e li lasciò soli.

VI.

– Dalle chiacchiere di quel buon uomo di Federigo, – riprese la Norina con accento ironico e pungente, – chi lo sa che cosa lei si sarà mai figurato!...

– Io non mi sono figurato nulla.

– Si sarà figurato, che io mi struggessi dalla passione per lei...

– Ma le pare!
– Che io non possa vivere senza di lei!...
– Prego, signora Norina...
– Che, perduto lei, per me non ci sarà più bene in questo mondo!...
– Tutt'altro.
– E allora di che cosa si lamenta?
– Io?... io non mi lamento di nulla.
– Si metta lì a sedere.
– Grazie.
– La prego: si metta lì a sedere: ha forse paura?
– Paura di chi?
– Di me?...
– Di lei, no: ho paura de' suoi occhi!
– Non dica freddure. Si rammenta come andò la cosa? Lei cominciò a venir per casa: mi fece un po' di corte, e finì col chiedere la mia mano.
– E mi fu promessa con pienissimo consenso.
– Adagio con quel pienissimo. Io non risposi nè sì, nè no: ma come donna prudente, presi tempo a riflettere.
– Mi pare che la cosa non andasse precisamente così.
– Andò così, e basta. In quel tempo frequentava la casa nostra anche il marchese Rodolfo Marliani, giovane un po' scapato, ma di buona compagnia e molto distinto.
– Anzi distintissimo.
– Era mio dovere mostrarmi gentile con lui, come con tutti gli altri.
– Forse un po' troppo gentile!
– Misuri le parole, signor Valerio, e non offenda! Può darsi che qualche volta eccedessi in cortesia... ma non me ne accòrsi mai.
– Me ne accòrsi io.

– Se badasse ai fatti suoi, questo non sarebbe accaduto. Mi ricordo benissimo che lei prese ombra del marchesino Marliani, e cominciò a far l'adirato, il fiero, il cattivo...

– Era una questione di cuore...

– Nossignore: era una questione di vanità. Vi sono degli uomini in questo mondo, che a lasciarli fare, pretenderebbero da noi, povere donne, *l'adorazione perpetua!*...

– Io non sono di quegli uomini...

– Nè io di quelle donne. Il suo contegno sostenuto e quasi disprezzante m'impose, com'è naturale, una certa riserva...

– Chiamiamola freddezza.

– Caro mio, se lei vuole degli amori da teatro, dei sentimentalismi esagerati, con pianti, singhiozzi, e fuochi di Bengala, io non sono davvero la donna per lei. Io amo la compostezza in tutto.

– Forse mi sarò ingannato.

– Senza forse. Prova ne sia, che il giovine Marliani, probabilmente in grazia delle mie troppe gentilezze, cominciò a diradare le sue visite... e finì coll'allontanarsi del tutto.

– Si vuole che lo facesse per paura del vecchio Marchese, suo zio, il quale aveva minacciato di diseredarlo!

– Nossignore. Si allontanò, perchè aveva capito che con me perdeva inutilmente il suo tempo. La verità è questa, e chi dice diversamente, è un bugiardo. Oggi poi, come lei saprà benissimo, quella cara gioja del marchesino Rodolfo è promesso sposo alla figlia del Ministro olandese (se quel mostro fosse qui, gli caverei gli occhj!).

– Ma perchè, Norina, non mi dicesti mai una parola?... una sola parola per togliermi dal mio inganno? per farmi vedere il mio errore? la irragionevolezza de' miei sospetti?

– Io? piuttosto la morte, che scendere all'umiliazione di giustificare la mia condotta dinanzi a un uomo! Oh! Valerio! i vostri dubbj, i vostri ingiusti sospetti mi hanno fatto un gran male!... e forse ne porterò il segno per tutta la vita. Ma voi non sentirete mai dalla mia bocca nè un rimprovero nè una parola di lamento. Oggi fra noi due è tutto finito. Tutto!

Mentre Norina diceva così, credeva di piangere per celia, e invece piangeva davvero. È un fenomeno che molte volte accade anche sul teatro.

– E perchè, Norina, hai detto che fra noi due è tutto finito?

– Curiosa domanda!

– E non potrei ridomandare il tuo amore?...

– Valerio, non vi consiglierei. Certi ritornelli, in amore, sono appena scusabili nei ragazzi di dodici anni. E voi siete un uomo serio.

– Dunque gli uomini serj non saranno padroni di riconoscere il proprio torto?

– Padronissimi: ma il mondo che dirà?

– Per chetare il mondo non c'è che un solo rimedio: quello di lasciarlo dire.

– E se vi paragoneranno al Don Fulgenzio di Goldoni?

– Rideremo insieme.

VII.

– E così, questa pace è fatta o non è fatta? – domandarono Federigo e Clarenza, affacciandosi tutti e due sulla porta.

– È fatta! è fatta! – gridò Valerio raggiante di contentezza.

– La pace è fatta, – soggiunse la Norina; – ma Valerio ha dovuto riconoscere che in tutto questo malinteso io non ho avuto nessuna colpa.

– Nessunissima.

– E che il torto è stato tutto suo.

– Tutto mio, non c'è che dire.

– E che un'altra donna, che gli abbia voluto sinceramente bene, come me, non la troverà mai...

– Mai.

– E allora, – domandò Federigo, – a quando questi confetti?

– Anche domani, anche stasera... non è vero Norina?

– Io non ho che una sola volontà: la tua!

VIII.

In questo mentre la Bettina entrò in sala, tutta affannata, dicendo che la contessa Lorenzi era venuta in persona a salutare il signor Federigo.

– Capisco! vorrà ringraziarmi del valido appoggio che ho dato alla candidatura di suo marito. Questa aristocrazia che viene in carrozza a ringraziare la borghesia, mi dà a sperar bene dell'avvenire del mio paese.

– Eccomi qua a stringere la mano al mio amico politico, il signor Federigo, – disse la vecchia Contessa entrando e salutando.

– Abbiamo sentito con grandissimo piacere che il signor Conte sia il candidato del nostro Collegio, – soggiunse la Clarenza.

– Tutto merito di questo brav'uomo! – replicò con enfasi la Contessa, accennando Federigo.

Investito da questo complimento a bruciapelo, Federigo se ne tirò fuori alla meglio con un profondo inchino.

– Finalmente, – disse Valerio con un risolino un po' maligno, – il nostro Collegio avrà un degno rappresentante.

– Io non vi prometto mari e monti, – rispose la Contessa, – ma vi assicuro che porteremo alla Camera una coscienza illibata e delle convinzioni, che non faccio per dire...

– Si accomodi, Contessa.

– No, grazie! Vi saluto e scappo, perchè ho mille bricciche da fare. Fra le altre, voglio passare dalla mia amica la marchesa Marliani, per sentire che cosa c'è di vero in questo scandalo...

– Quale scandalo?

– Si dice nientemeno che il matrimonio del marchesino sia andato in fumo.

– Davvero? – gridò la Norina, lasciando il braccio di Valerio e andando verso la Contessa.

– Così dicono...

– E il motivo si sa?

– Pare che quello scapato, abbia un amoretto antico, una passione tenuta nascosta...

– L'avrei giurato! – disse la Norina con una specie d'aria di trionfo.

– Che cosa avresti giurato? – domandò Clarenza.

– Che questo matrimonio non si sarebbe fatto.

– Perchè?

– Perchè... il perchè non lo so neppur io. Alle volte si dànno certi presentimenti...

– Permettetemi, Contessa, – disse Federigo – che in compenso di un matrimonio svanito o vicino a svanire, ve ne presenti uno freschissimo, combinato solennemente pochi minuti fa.

E Federigo presentò alla Contessa la Norina e Valerio.

– Combinato? – ripete con vivacità la Norina: – mi pare, Federigo, che tu corra un po' troppo. È un matrimonio che forse si combinerà... probabilmente si combinerà... ma per ora non c'è nulla di veramente combinato; tutt'altro: non è vero, Valerio?

A questo voltafaccia a secco della Norina, Valerio fu lì lì per perdere la pazienza: ma poi, rammentandosi di quei riguardi che un uomo serio deve a se stesso, invece di risentirsi e di fare una scenata, si soffiò dignitosamente il naso.

– Eppure – saltò su a dire la Clarenza, forse coll'intenzione un po' maligna di mortificare la sorella e di distruggere ogni sua illusione, – eppure, se lo domandate a me, io non credo punto a tutta questa storiella di amori e di passioni segrete...

– E io, invece, ci credo, – ripetè la Norina: – Sarebbe forse il primo caso di un matrimonio andato all'aria, perchè all'ultim'ora si è scoperto che lo sposo era innamorato di un'altra donna?

– Se ti fa piacere a crederlo, e tu credilo.

– Perchè mi dovrebbe far piacere? A me, per tua regola, è una cosa che non mi fa nè caldo nè freddo!

– Oh! ecco qui, chi ci leverà ogni dubbio! – disse Federigo dando la mano a un giovine elegantissimo, che in quel momento entrava in sala.

– E questo dubbio sarebbe? – domandò Leonetto, salutando la conversazione.

– Si vorrebbe sapere, – disse la Contessa, – che cosa c'è di vero sul matrimonio del marchesino Marliani.

– Cioè?

– Corrono certe voci...

– Capisco. È stato un falso allarme. C'era di mezzo una ballerina di rango francese, forse anche troppo francese, la quale pretendeva di possedere alcuni autografi molto compromettenti di quello scapato di Rodolfo. Ma il vecchio Marliani ha ricomprato gli autografi del nipote, e stamani quella povera Didone abbandonata si è rassegnata a partire per Parigi con un biglietto di prima classe... di ventimila lire.

– Ah! dunque tutta questa passione misteriosa non era

altro che una miserabile saltatrice di palcoscenico?... – disse la Norina, facendo con la bocca una smorfia di bizza e di disprezzo. Poi, ricomponendosi subito e appoggiandosi con civetteria al braccio di Valerio, soggiunse fieramente:

– Almeno noi, fra qualche giorno, ci potremo sposare, senza bisogno di chiedere il permesso a nessuna ballerina... non è vero, Valerio?

– Se parli così, – gridò Federigo tutto contento, – allora è segno che anche il vostro matrimonio è bell'e combinato!...

– Combinato? non solo combinato, ma combinatissimo! – replicò Norina. – Diavol mai! Valerio non è un ragazzo, come il Marchese: Valerio è un uomo serio: e io sono una donna, che quando ha dato la sua parola, è quella.

Due settimane dopo, alcuni scapati, incontrando Valerio e la Norina che uscivano dal Palazzo Municipale, cominciarono a bisbigliare:

– Eccoli! eccoli!

– Hai visto la bella fine che ha fatto quell'uomo serio?... – disse uno di loro, sghignazzando.

– Caro mio, – rispose un altro, – bisogna persuadersi che la serietà umana è un'illusione. Molte volte l'uomo è convinto di essere un uomo serio, e sai perchè? perchè non gli è capitata ancora l'occasione di mostrarsi buffo.

LE COMMEDIE IMMORALI

In un palco di seconda fila c'è una signora, un signore e un bambino seduto sullo sgabello di mezzo.

Il bambino, col mento appoggiato al parapetto, si diverte a contare a voce alta tutte le teste calve che vede in platea.

La signora al signore:

– In verità, Gustavo, stasera non mi aspettavo di vederti.

– Perchè?

– Ho dovuto fare il segnale così tardi!

– Non è mai tardi per passare dalla tua strada.

– Sempre grazioso! D'altra parte capirai bene che la cosa di venire al teatro, è stata una risoluzione che lui ha preso lì per lì, proprio sul punto di andare a tavola. Uno dei suoi soliti estri. L'hai veduto?

– È giù nel Caffè che dorme.

– Dorme? e bada che ha dormito finora anche qui nel palco! Che si canzona! Un marito, che dorme sempre, e che in casa non ha mai sonno! Credilo, amico mio, è la più gran disgrazia che possa toccare a una donna.

– E ieri sera?...

– Stai zitto. Ieri sera abbiamo avuto un santo dalla nostra. Appena andato via tu, è tornato lui. Se ti trattenevi cinque minuti di più, ti avrebbe trovato!...

– Ossia ci avrebbe trovati...

– Per carità non ne parliamo neanche. Mi vien freddo soltanto a pensarvi!

– Voglio credere che non avrà avuto in tasca la chiave di

casa.

– La chiave ce l'aveva.

– Che imprudenza!

– Ma non era la chiave di casa. Gliel'avevo barattata.

– Giusto volevo dire. A una donnina, piena di giudizio come te, ti avrebbe fatto torto! Sono i primi rudimenti dell'arte del quieto vivere.

– Ti ricordi di quella famosa sera?...

– Pur troppo: ma un'altra volta, in un caso simile...

– Che cosa faresti?

– Rimarrei seduto al mio posto. Alla fin dei conti, che cosa mi potrebbe dire?

– A te nulla; ma con me! con me sarebbe il finimondo. È ombroso, sospettoso, geloso come una bestia! Fossi io almeno una donna da dargliene motivo!

– E novantacinque – grida il bambino, che ha finito di contare le teste calve della platea. Quindi, voltando la bionda testina verso la mamma, e guardandola con due occhioni spalancati e pieni di vita, comincia a dire:

– Com'è bellina questa commedia, 'un è vero, mamma?

– Sì, caro.

– Ma quello che dicono, lo dicono, tutto per chiasso, 'un è vero?

– Sì, amore.

– A vederli di quassù pajono tutta gente vera, 'un è vero?

– Sì, tesoro.

– Hai visto, mamma, quella signora laggiù sul palcoscenico che ha fatto tutti quegli urli, e che poi gli è venuto il singhiozzo, e che la chiamavano la signora Gabriella? Quando l'era seduta sul canapè con quel bel signore tutto vestito di nero, perchè l'ha sentito che arrivava quell'altr'uomo uggioso colla voce grossa, l'ha fatto come te quella volta che tornò i' babbo a un tratto, e che tu nascondesti il sor Gustavo in camera mia, te ne ricordi?

– Chétati giuccherello! Già, quando ti mando a letto, faresti meglio a dormire!

Poi voltandosi verso Gustavo:

– Che disperazione, amico mio! Da un pezzo in qua, con queste commediacce immorali, non si può più condurre i nostri ragazzi al teatro!...

SANGUE ITALIANO

Qual'è la sua età?
Si è fermato sui quarantacinque anni per avere il diritto di chiamarsi giovane con quelli che lo credono vecchio, e viceversa.

Non è nè celibe, nè ammogliato. Dopo un anno di matrimonio, la sua moglie prese un marito, e lui, per amor di simmetria, prese una moglie.

Volle essere cavaliere, e s'accaparrò la croce per un prezzo, come suol dirsi, d'affezione. Oggi la rivenderebbe volentieri a prezzo di fabbrica, e non trova oblatori.

Urla contro i preti e va alla messa: bestemmia quando n'ha bisogno, e poi si leva il cappello alle Madonne, ai Santi e ai cavalli della carrozza di Monsignore.

Al tempo dei tempi, chiese con gli altri la Guardia nazionale, e appena l'ebbe, si fece prestare dal suo medico una sciatica artificiale per essere dispensato dal servizio.

Battè le mani alla istituzione dei Giurati; ma dopo quindici giorni di esperimento, cominciò a promuovere una sottoscrizione clandestina col fine di innalzare un monumento a quel ministro guardasigilli, che avesse avuto il coraggio di abolire questa burletta terribile per la sua serietà.

*
**

È stato sempre partigiano fanatico del suffragio universale; ma viceversa poi, ogni volta che c'è da eleggere il deputato del suo collegio, si astiene scrupolosamente dal dare il voto; e se il giorno dell'elezione piove, rimane a letto.

Il vero elettore italiano, dice lui, quando piove, non esce di casa e manda all'urna l'ombrello. È l'unica ricetta per conciliare l'esercizio dei diritti politici colla paura delle infreddature e dei mal di petto.

Guai, se la vigilia dell'elezione non gli hanno portato la scheda a casa! Urla, strepita e minaccia di farne uno scandalo su tutti i giornali. Però la mattina dopo, svegliandosi, spera sempre di trovare qualche buona ragione meteorologica per non andare all'urna, e domanda alla cameriera:
— Piove?
— Nossignore.
— Tira vento?
— Nemmeno.
— È molto freddo?
— È una giornata di paradiso.
— Maledetto il Novembre e la sua smania di far da Aprile!

Quindi salta il letto tutto stizzito, si veste in quattro e quattr'otto, e preso il soprabito ovattato, il cappello e il bastone, dice alla cameriera:
— Dov'è la scheda?
— Quale scheda?
— Quella del deputato.
— Ieri, quando la portarono, la posai sul suo scrittoio.
— Sullo scrittoio non c'è più. Cercatela.

La cameriera esce, e poco dopo ritorna colla scheda in mano.
— Ecco la scheda.
— Ti potevi risparmiare la fatica di trovarla.
— Lei mi ha detto che la cercassi!
— Vi ho detto cercatela, ma non vi ho detto trovatela, imbecille! Tornerò alla solit'ora.

– Che cosa vuole da pranzo?
– (*arrabbiatissimo*) Un deputato arrosto.
– Semplice o guarnito?
– Con un contorno di patate e di moccoli ereticali.

*
**

Qual è il suo nome e cognome?
Tutti quelli che lo conoscono di saluto o di vista, lo chiamano semplicemente «il Cavaliere».
Io l'ho incontrato appunto ieri mattina, mentre uscivo di casa.
– Finalmente sarai contento! – gli ho detto andandogli incontro e stringendogli la mano.
– Contento di che?
– Del tempo. Oggi abbiamo una discreta giornata.
– Discreta? Gua'! tutti i gusti son gusti, e chi si contenta, gode.
– Se non altro, dopo tanto diluvio, oggi abbiamo riveduto uno spiraglio di sole.
– Caro mio, per dir bene del sole, bisogna essere lucertole o fabbricanti di cappelli di paglia.
– Eppure l'altro giorno bestemmiavi come un Turco contro l'ostinazione della pioggia.
– Io? tu sbagli. Per conto mio, sempre meglio l'acqua del sole. Il sole, è la cagione di tutti i nostri malanni: capogiri, riscaldamenti, colpi di sangue al cervello, flussioni d'occhi, diavoli, saette... Beati i Lapponi, che vedono il sole una volta l'anno, e lo vedono in fotografia!
– Povero sole! tu lo tratti peggio di un lampione a gas, mantenuto spento a spese del Municipio: e sì che ti dovresti ricordare che il sole, come dice il poeta, è il *ministro maggior*

della natura...

– Io ho a noia tutti i ministri, e occorrendo, anche i segretarj generali! Chi dice bene del sole non può essere amico mio.

In quel mentre passò su per aria una nuvola nera nera, e di lì a poco caddero sul cappello del cavaliere alcuni goccioloni d'acqua.

– Eccoti esaudito! – gli dissi ridendo.

– Cioè?

– Chiedevi l'acqua e Giove te l'ha mandata.

– Io chieder l'acqua? E perchè dovevo chiederla? Non son mica un'anguilla di palude.

– A ogni modo, tu preferisci la pioggia al sole.

– Distinguo: quando c'è il sole, preferisco la pioggia; ma quando piove, si capisce bene che preferisco il sole.

– Sicchè la pioggia non ti accomoda?

– No davvero.

– O il sole!

– Nemmeno.

– Ho capito: per contentar te ci vogliono le giornate di nuvolo.

– Dio ci liberi tutti!

– Ma dunque, come dovrebbe essere la stagione, per darti proprio nel genio?

– Non lo so. So per altro che se le stagioni le avessi fatte io, saremmo più contenti tutti.

⁂

Oggi l'ho incontrato daccapo, e siamo andati a far colazione insieme.

– Cameriere! – ha gridato, appena entrato nel Caffè.

— Comandi!
— Che cosa mi dài!
— Vuole un buon risotto?
— Mai farinacei!
— Vuole una costola?
— Riportala al padre Adamo, che la perse mentre dormiva.
— Vuole un filetto alla parigina?
— Carne, mai!
— Allora una bella sogliola panata?
— Il pesce lo devi dare ai gatti.
— Una frittata?
— Uova e latticini, tutto veleno per lo stomaco!

Il cameriere stizzito:

— Vuole un fritto di francobolli o una mezza porzione di guttaperca alla parmigiana?
— Se non c'è altro, pazienza! Piglierò il filetto alla parigina.

Dopo cinque minuti il filetto arriva: il cavaliere lo assaggia, e quindi, richiamato il cameriere, gli dice:

— Portalo via!
— Forse è poco cotto?
— Eccellente per chi piace la carne. Fortunate le folaghe e i frati certosini, che mangiano pesce da un anno all'altro. Si potrebbe avere una sogliola fritta?
— Subito.

Dopo tre minuti la sogliola arriva: il cavaliere l'assaggia appena, poi richiama il cameriere:

— Portamela via.
— Non è abbastanza fresca?
— Freschissima: ma il pesce per me è un cibo da gatti. Anche l'odore mi secca. Prenderò una frittata.
— Ma le uova, signor cavaliere...
— Lo uova, per tua regola, sono un alimento sanissimo,

tant'è vero che le raccomanda anche monsignore Arcivescovo nell'indulto quaresimale.

Arriva, la frittata; il cavaliere ne prende un bocconcino, quindi chiama il cameriere e gli dice indispettito:

– Fammi il conto.

– Non le piace?

– È buonissima: ma se mi metto questa frittata sullo stomaco, c'è il caso di ritrovarcela tale e quale fra quattro giorni.

– Eppure le uova, signor cavaliere...

– Le uova, per tua regola, sono il cibo più indigesto che abbia inventato la Provvidenza Divina in un quarto d'ora di malumore.

Poi, voltandosi tutto d'un pezzo verso di me, mi domanda:

– Che c'è di nuovo nei giornali?

– Nulla.

– O questa legge sul divorzio?

– Dicono che fra poco sarà presentata alla Camera.

– Credi che passerà?

– Io credo di sì, e così tu sarai contento...

– Cioè?...

– Nella tua qualità di marito da tanti anni separato dalla moglie, potrai riacquistare la tua libertà e tornare uomo libero.

– Invece se la legge passasse, io sarei un uomo rovinato!

– Perchè?

– Perchè, approvato il divorzio, la prima cosa che farei sarebbe quella di riunirmi a mia moglie.

– Ma dunque – gli ho domandato scherzando – che cosa bisogna fare per contentarti?

– Nulla. Io per tua regola, sono l'uomo più facilmente contentabile di questo mondo: basta che mi lascino brontolare e dir male di tutto.

E ci siamo voltati le spalle.

Appena tornato a casa, ho preso subito in mano la *Statistica ufficiale* del Regno per domandarle quanti tipi di questo genere vi fossero in Italia.

E la statistica mi ha risposto: – «circa ventotto milioni» – ossia qualche migliaio più della popolazione effettiva.

L'AMICO DEL QUIETO VIVERE

È un uomo come tutti gli altri.

Ha la solita età, la solita statura, gli occhi soliti, la solita bocca, i capelli del solito colore.

Un solo segno particolare: vuoi trovarsi d'accordo con tutti e non compromettersi con nessuno.

Da scapolo aveva nome Tito Livio; ma poi si ammogliò, e dopo due anni di matrimonio i suoi concittadini, adunatisi per urgenza, gli cambiarono il nome di Tito Livio in quello di Cornelio Tacito, e così fu accomodata ogni cosa.

Cornelio ha paura dei litigj e delle questioni, come le persone sudate hanno paura delle correnti d'aria.

Se qualcuno, nella folla, gli pesta un piede, o, senza volerlo, gli dà una gomitata nello stomaco, Cornelio si volta subito e dice tutto mortificato:

– «Scusi tanto, per carità: le ho fatto male?».

Ogni volta che egli ha da fare con persone, delle quali non conosce a fondo l'umore politico o religioso, il suo primo espediente è quello di ricorrere alle cinque vocali.

Per esempio:

– Ha veduto, signor Cornelio, i giornali di stamani?

Cornelio – Mi pare, ma, non oserei giurarlo.

– C'è una notizia molto brutta!

Cornelio – Ah!... (*sull'aria dello sbadiglio*).

– Si dice nientemeno che il direttore di un giornale cattolico sia scappato per aver convertito alla fede la nipote di un parroco.

Cornelio – Eh!... (*soffiandosi il naso con enfasi*).
– E questo giornalista è un prete!
Cornelio – Ih!...
– Che ci crede lei?
Cornelio – Oh!...
– Sarebbe uno scandalo!
Cornelio – Uh!

E così, con queste cinque vocali foderate di un'acca e di un punto ammirativo e modulate in vario modo e con varia intonazione, Cornelio si tira fuori dal pericolo di una imboscata.

Anche in arte, anche in letteratura, anche in ragionamenti accademici, Cornelio serba sempre lo stesso metro e se ne trova bene.

Oggi, per dirne una, c'è una questione vivacissima sul merito di un quadro. Chi lo mette alle stelle chi alle stalle.

– E lei, signor Cornelio, che cosa ne pensa di quel quadro?

Cornelio – A proposito di quadri, vorrei sapere perchè si chiamino quadri anche quando sono tondi o bislunghi.

– È stato al teatro! Le piace la musica dell'Opera nuova?

Cornelio – Non la temo!

– Lei che può saperlo, è vero o non è vero che il cassiere della banca è fuggito in Egitto?

Cornelio (*con l'accento dell'uomo erudito*) – La prima *Fuga in Egitto*, di cui parla la storia, è quella di San Giuseppe: ma San Giuseppe, almeno per quanto ne dice Rénan, non era cassiere.

– Ha saputo, signor Cornelio, le voci che corrono?

– Lasciamole correre; alla fine si fermeranno.

– Il conte Dagrifoglio avrebbe tentato di uccidersi.

Cornelio – Ah! se il suicidio non fosse una viltà!... (sull'aria dell'*Ah! «se tu dormi svegliati»*. Disgraziatamente io sono un uomo di coraggio, e se domani mi bruciassi il cervello, me ne vergognerei per tutta la vita!

– E i motivi di questo tentato suicidio li conosce?

Cornelio – Senza *motivi*, diceva il gran Rossini, la musica sarebbe un trattato d'Algebra cadenzata.

– Ma lasciamo questi argomenti malinconici e parliamo un po' di politica interna; che cosa c'è di nuovo?

Cornelio – Ho sentito dire che i Fiorentini hanno cacciato il Duca d'Atene.

– La notizia un po' vecchia. Vorrei qualche cosa di più recente. Che cosa dice lei di questa ricomparsa dell'oro sulle nostre piazze?

Cornelio – Io dico che l'oro è un metallo, e mi par d'aver detto anche troppo! A buon intenditor poche parole!...

– Non ci facciamo illusioni! L'oro verrà: ma dopo qualche mese ritornerà di dove è venuto: lo crede lei?

Cornelio – Si può sempre tornare in quei luoghi, dove non si son fatte cattive azioni!

– Scusi, signor Cornelio: ma qui si scherza o si parla sul serio?

– Per me è indifferente; io duro la stessa fatica.

LE PERSONE PRUDENTI

Appena tornata a casa, la Marietta corse subito dalla sua graziosa padrona, gridando con voce allegra e squillante:

– Indovini un po', signora Laura, chi ho veduto da lontano, mentre andavo alla posta?

– Se me lo dici, lo indovino più presto. Chi hai veduto?

– Il signor Vittorio!

– Come? Vittorio è qui, e non s'è lasciato ancora vedere? Mi pare impossibile.

– Eppure era lui; lui in persona. Un po' ingrassato, ma sempre un gran bell'uomo!

E nel dire un gran bell'uomo, la Marietta fece con la lingua quello scoppiettino di golosità che fanno i ragazzi ghiotti quando rammentano la panna coi cialdoni.

Poi riprese:

– Come passa il tempo! mi pare ieri che il signor Vittorio veniva sempre qui per casa e che tutti dicevano che fra lui e lei...

– E poi ogni cosa andò in fumo, non è vero? – disse Laura dando in una gran risata.

– Peccato! che bella coppia che sarebbe stata!

– Povera giucchina! si vede proprio che non capisci nulla! Per tua regola, Vittorio non era l'uomo per me. Troppo leggero! troppo volubile! troppo sfarfallone! Speriamo che in questi due anni di matrimonio l'Emilia gli avrà fatto mettere un po' di giudizio.

– Un po' scapato, è vero, – ripetè soprappensiero la Marietta, – ma sempre un gran bell'uomo!

– Bello, in quanto! Agli occhi miei, per esempio! val più Demetrio in un dito della mano che...

– Dicerto! il padrone è una gran degna persona, un angiolo di bontà; ma voglio dire che non ha tutta la malizia di esser bello come il signor Vittorio...

– A darti retta, – soggiunse Laura, – ci sarebbe quasi da credere che tu ne fossi innamorata.

– Innamorata io? Dio me ne guardi! Io sono una povera cameriera; e poi non son bella: ma il signor Vittorio mi diceva sempre che le ragazze, quando hanno gli occhi neri e i denti bianchi, non sono mai brutte, nemmeno quando son brutte.

– Quante sciocchezze! Che forse si pigliava qualche confidenza anche con te?

– Uh! non c'era pericolo. A me faceva soltanto quei piccoli scherzi, che fanno tutti i signori a noi povere cameriere. Una volta, una sola volta di numero, fu tanto sfacciato da darmi un bacio...

– Un bacio!... e perchè non venisti a dirmelo?

– Glielo volevo dire; ma poi pensai dentro di me: se lo racconto alla signora Laura, il signor Vittorio è tanto schizzinoso, da aversene a male, e allora dei baci non me ne dà più. E io, per non fare scandali, stetti zitta.

***

Questo dialogo fu interrotto da una voce, che si udì nella stanza accanto: una voce che disse:

– Si può?

– Vittorio!... voi qui? – gridò Laura andandogli incontro.

– Di dove venite? dall'America! dall'Indie?

– Vengo direttamente da casa mia. Sono arrivato ieri sera coll'ultimo treno.

– Marietta! andate a fare quel che dovete fare! – disse la padrona con tono imperativo alla giovane cameriera, la quale si era fermata sulla porta forse sperando che Vittorio si sarebbe almeno degnato di guardarla.

– Godo, amica mia, di ritrovarvi sempre bella e sempre fresca, come una camelia sulla pianta.

– Anche voi state bene. Vi siete conservato come un ermellino nella canfora. E l'Emilia che fa?

– Per carità! non toccate codesto tasto! non inacerbite la piaga!...

– Mio Dio! mi fate paura! È forse malata?

– Peggio! – replicò Vittorio, cacciandosi le mani nei capelli.

– Mor... ta?...

– Peggio!

Vi furono due minuti di silenzio: poi Laura, esitando, domandò quasi sottovoce!

– Ditemi, Vittorio... e lui chi era?

– Un mio antico compagno di collegio! un amico d'infanzia!...

– Infami! tutti così gli amici d'infanzia.

– Venne quest'estate a fare i bagni di mare. Figuratevi se, dopo tant'anni, lo rividi con piacere! Gli offersi una camera e un salotto in casa mia. Non voleva accettare, ma insistei tanto, che finalmente accettò. Lo presentai all'Emilia, e in poche ore, Giorgio diventò come uno della nostra famiglia. Pranzava con noi, la sera m'accompagnava al Club, e alle due dopo mezzanotte veniva a riprendermi per tornare a casa insieme...

– E com'è che arrivaste a scoprire?...

– Una lettera, che era destinata per lei, capitò disgraziatamente nelle mie mani..., e la luce fu fatta.

– Cioè?

– L'amico... capito? l'amico d'infanzia..., l'antico compagno di collegio..., l'ospite di casa mia, col pretesto di un amore tutto platonico e spirituale, insidiava alla mia tranquillità..., attentava al mio onore! Immaginatevi la scena fra me e l'Emilia! Una scena d'inferno.

– E ora come siete rimasti!

– Lei è tornata presso sua madre, e io, con la morte nell'anima, ho preso la strada ferrata.... per non commettere un delitto!

*
**

– Meno male, – disse Laura, – che si trattava d'un amore platonico...

– Tutto sta bene, – replicò Vittorio con amaro sorriso – ma fra due persone innamorate chi può dire dove finisce l'amore platonico e dove principia quell'altro... senza Platone? Credetelo, Laura: questo è stato per me un gran colpo. Io vado incontro a una malattia grave, a una malattia che forse mi condurrà al sepolcro!

– Le solite esagerazioni, amico mio! Se le burrasche coniugali portassero seco una malattia, a quest'ora tutto il mondo sarebbe uno spedale.

– Io lo domando a voi! Si può trovare un uomo più infame di Giorgio?

– Tutti gli uomini, in certi casi si somigliano.

– Non lo dite! non lo dite! Io, per esempio, ho avuto sempre un culto, una religione per l'amicizia.

– Sarà!...

– La moglie dell'amico, per me, è stata sempre una cosa

sacra, inviolabile..., non lo credete?

– Tutto è possibile...

– L'uomo che tradisce l'ospitalità dell'amico, per me è uno scellerato, un assassino volgare!...

– Non dico di no: ma la colpa non è del vostro amico...

– Sarà dunque mia?

– Nemmeno vostra. La colpa è tutta dell'Emilia. Una moglie prudente, secondo me, vede subito il pericolo o per lo meno la sconvenienza di accettare in famiglia un giovine, sia pur questo giovine un amico intimo del marito. Io, per esempio, ne' piedi dell'Emilia...

– Che cosa avreste fatto?

– Avrei fatto in modo, che Giorgio sarebbe rimasto sulla locanda. Una camera in casa mia non ce l'avrebbe trovata davvero!

– No?

– No, no, no, e poi mille volte no.

– Ma non capite che fu la mia insistenza...

– Io capisco tutto; ma dico che una moglie prudente deve aver giudizio, occorrendo, anche per il proprio marito.

– Per carità, lasciamo da parte questo argomento; se no, c'è da perdere il cervello. Parliamo d'altro. Ditemi, Laura, e quel caro figliuolo di Demetrio che fa?

– Può star poco a tornare.

– Beato lui!

– Perchè?

– Perchè gli è toccato in moglie un angiolo di donna veramente rara!

– Badate, Vittorio mi farete arrossire, replicò Laura scherzando.

– E pensare che questo tesoro di grazia e di bontà poteva esser mio!... mio, per tutta la vita! Vi rammentate, Laura, di quei tempi felici di una volta?

– Non mi rammento di nulla!

– Come? nemmeno di quella famosa villeggiatura alla Madonna del Lago?...

– Vi ripeto che non mi rammento di nulla, di nulla affatto.

– Possibile?

– Mi rammento soltanto di un proverbio che dice: acqua passata non macina più.

– Ah! Laura mia! i proverbj qualche volta sono crudeli!

– Saranno crudeli, ma qualche volta fanno comodo per troncare i discorsi uggiosi.

– E Demetrio che fa? Si mantiene sempre lo stesso? Vi è riuscito ancora di fargli smettere il vizio prosaico di stabaccare dalla mattina alla sera?

– Peggiora ogni giorno di più. Credetelo, che alle volte ci vuole tutta la mia pazienza.

– Dunque non siete felice?

– Felicissima!... Ma!

– C'è un ma...

– Ma conosco molte donne, che debbono essere assai più felici di me.

Pare incredibile che una donnina così gentile come voi, così piena di gusto e così aristocratica, possa avere scelto per marito...

– Vi avverto che non ho nulla da pentirmi.

– Questa dichiarazione onora il vostro carattere, – disse Vittorio avvicinandosi sempre più a Laura e pigliandola per le mani; – ma venite qui, amica mia, e parliamoci un pochino a quatt'occhi, e in tutta confidenza: se in questo mondo si potesse tornare indietro?... Se certe cose si potessero fare due volte?...

– A dar retta ai vostri *se*, – replicò Laura impazientita, – ci sarebbe da dire un monte di sciocchierie.

– Creatura divina! E pensare che la Provvidenza mi aveva messo dinanzi agli occhi l'unica donna, che avrebbe potuto fare la mia felicità! E io, imbecille!... Oh Laura! vi rammentate di quei bei tempi di una volta?

– Qualche volta me ne rammento!

– E di quella famosa villeggiatura alla Madonna del Lago?...

– Anche di quella!

– Cattiva! E poi avete il cuore di venirmi a dire che acqua passata non macina più!

– Non son io che lo dico..., è il proverbio.

– Quante volte ho pensato a voi! quante volte vi ho veduta ne' miei sogni!

E nel dir così, Vittorio avvicinò, forse senza avvedersene, il suo viso a quello della sua graziosa interlocutrice, e lo avvicinò tanto, che si sentì nella sala un piccolissimo rumore che parve un bacio.

Laura scattò su da sedere, tutta impermalita, e coll'accento solenne e minaccioso di una Regina offesa, disse:

– Badiamo bene che questa sia la prima l'ultima confidenza che vi prendete con me; e ricordatevi, signore, che io non mi chiamo Emilia!...

E Dio lo sa come questa scena sarebbe finita, se per fortuna non si fosse affacciato sulla porta quel buon diavolo di Demetrio, marito di Laura.

*
**

Era bella questa donna?

Laura non era bella, ma era carina. Le donne belle si possono descrivere: le donne carine, no. Bisogna conoscerle, o bisogna sapersele immaginare. Chi è che sappia ridire a parole quei lineamenti, non sempre corretti, ma simpatici, quelle sfumature piene di grazia, quei chiaroscuri delicati, quelle occhiate procaci e modeste, quel modo particolare di camminare, di ridere e di fare il musino adirato, quelle moine spontanee e naturali, quelle monellerie infantili, quei dispettucci che paiono carezze, e tutti quegli altri incantevoli nonnulla, che servono a formare questa elegante varietà della specie umana, conosciuta nella Storia Naturale col vezzeggiativo di «donna carina»?

La stessa fotografia è incapace a farne il ritratto vivo. Prendete, difatti, il ritratto in fotografia di una donna calma di vostra conoscenza, e se il ritratto è fatto bene davvero, arriverete fino a dire: «il ritratto somigliantissimo: ma non è lei! ci manca qualcosa!...».

Quanto a Vittorio, era un bell'uomo per le donne, e un tipo comune per l'occhio dell'artista. Sempre elegante, sempre attillato, sempre potato e rimondato, come un giardinetto inglese, il più bel complimento che tu potessi fargli era quello di chiamarlo un vero *figurino di Parigi*. A lui questo complimento sonava bene e te ne restava gratissimo: un altro, invece, ti avrebbe mandato i padrini fino a casa!

Demetrio, il marito di Laura, poteva dirsi il rovescio della medaglia.

Buon uomo e pieno di buona volontà, si occupava un po' di tutto, fuori che del sarto e del parrucchiere.

Non era di quegli uomini che si vestono, ma piuttosto di quelli che si lasciano vestire. Ogni soprabito gli andava bene, purchè non fosse nè tanto stretto da levargli il respiro nè tanto largo da perderlo per la strada.

Nella sua vita esemplarissima aveva un solo difetto: stabaccava; e nello stabaccare, aveva insegnato alla canna del suo naso a emettere certi suoni e certi vocalizzi inarmonici, che non si trovano scritti in nessun libro di classica e decente armonia.

Uomo di principj costituzionali e di opinioni moderatissime, si lavava le mani e il viso tutti giorni, ma adoperava il sapone, solamente il giorno natalizio del Re. E se questo era molto per un buon cittadino, non era moltissimo per un cittadino pulito.

***

Quando Demetrio apparve in sala, vi furono grandi abbracciamenti e grandi strette di mano fra i due amici.

Perchè bisogna sapere che Vittorio e Demetrio erano stati ragazzi insieme, ed erano venuti su come due fratelli.

– E l'Emilia? – domandò a un tratto Demetrio.

– Per carità non toccare questo tasto! Non inacerbire la piaga!...

Laura che oramai sapeva a mente questo brano di storia intima, pensò bene di andarsene e di lasciarli soli.

Vittorio, allora, raccontò per filo e per segno tutta la sua disgrazia, e finì col concludere amaramente:

– Ecco le conseguenze dell'aver per moglie una donna frivola e leggera!

– Eppure, – replicò Demetrio – se lo domandi a me, la colpa non è nè dell'Emilia nè del tuo amico.

– E di chi vuoi che sia?

– La colpa è tua.

– Mia?

– Tua!

– Mi faresti ridere, se tu non mi facessi dispetto.

– Tieni a mente quello che ti dice un uomo che la sa lunga, e lunga dimolto: quando si ha per moglie una donnina giovine e piacente, non è mai prudenza di mettersi per casa dei mosconi!

– Come? non dovrò dunque offrire una camera a un antico compagno di collegio?... a un amico d'infanzia?...

– Non c'è amico, non c'è compagno di collegio, che tenga. Quando si ha per moglie una donnina giovine e piacente, la prudenza insegna...

– Vattene al diavolo te e la tua prudenza. Allora bisogna supporre che tutti i nostri amici siano una masnada di assassini, di filibustieri.

– Il marito prudente, – replicò Demetrio riscaldandosi e alzando la voce, – fa come il Tribunale; ritiene l'uomo colpevole, anche quando parrebbe innocente.

– Ma dunque in questo mondo non ci sarà più un galantuomo?

– I tuoi amici saranno tutti galantuomini: ma vuoi un buon consiglio? se hai una moglie giovine, non ti curar mai di alloggiare gli amici in casa. Ricordati che l'occasione fa l'uomo ladro. Io, per esempio ne' piedi tuoi...

– Che cosa avresti fatto?

– Nella mia qualità di marito prudente, avrei lasciato l'amico Giorgio sulla locanda. Oh! te lo giuro io! una camera in casa mia non ce la trovava davvero! A proposito: quanti giorni hai intenzione di trattenerti qui?

– Quattro o cinque giorni, tanto che mi passi la caldana che mi avvampa il cervello.

– E qual'è la camera che Laura ti ha destinata?

– Sono all'albergo del *Leon Bianco*.

– All'albergo?... Tu dirai per celia!

– Tutt'altro.

– Ma non ti vergogni?

– Di che?

– Sfacciato! Sai che c'è qui un tuo amico, direi quasi un tuo fratello, e più che un fratello, e invece di battere alla sua porta, gli fai l'affronto di andare sopra una locanda pubblica!... Sono cose dell'altro mondo! Laura! Laura! – urlò, chiamando, quel buon uomo di Demetrio.

Quando la moglie entrò in sala, il marito le disse con voce di comando:

– Fa' subito preparare la camera verde.

– È inutile! Oramai sono sulla locanda e rimango lì.

– Va' subito a prendere i tuoi bauli.

– Non vado.

– Bada, Vittorio, ci guastiamo. Te lo giuro sul serio, ci guastiamo. E tu, Laura, non gli dici nulla?

– Che vuoi che gli dica? Vittorio sa benissimo che se vuole accettare una camera in casa nostra, ci fa un regalo a tutti...

– Ho paura di darvi troppo incomodo.

– Quante paure che avete! – replicò Laura con vivacità. – Io invece non ho mai paura di nulla.

– Davvero?

– Di nulla (Io, caro mio, non son l'Emilia).

Quella sera stessa Vittorio dormì nella camera verde. La camera verde restava accanto a quella di Laura: e Laura tossì di una tossettina nervosa tutta la notte.

*
**

Tre giorni dopo, la simpatica moglie del buon Demetrio, alzatasi da tavola, si chiuse nel suo salottino da lavoro e mise il segreto di dentro.

E cominciò a dire tutta impensierita:

– No, no! qui non c'è tempo da perdere!... Se aspetto qualche altro giorno, non avrò più forza per resistergli. L'infame!...

avrebbe anche il coraggio di tradire l'ospitalità dell'amico! Ma io non sono l'Emilia! No, se Dio vuole, non sono l'Emilia, e posso vantarmene a fronte alta. E questa lettera? Quell'imprudente me l'ha fatta sdrucciolare in mano, stamattina, quando è venuto a darmi il buon giorno. Ma ancora non l'ho letta e nemmeno la leggerò! Bruciamola subito e non se ne parli più.

Detto fatto, Laura si alzò, e, acceso un fiammifero di cera, fu lì lì per dar fuoco alla lettera.

Ma poi si trattenne e disse tra sè:

– Non vorrei che della carta bruciata facesse nascere dei sospetti. Demetrio, alle volte, è così ombroso! Invece di bruciarla, strappiamola. Così!

E la lettera fu strappata in due pezzi.

– Però prima di strapparla, potevo almeno aver guardato la data. Vediamo un po' se riunendo i pezzi, potessi raccapezzare in che giorno è stata scritta...: *17 aprile, ore 5 di mattina*. È scritta proprio d'oggi! Ora son contenta e non voglio leggerne più: nemmeno una parola. Guarda un po' che sfacciato! O che non ha il coraggio di chiamarmi *Adorata Laura?* E chi gli dà il diritto di prendersi con me tanta confidenza? *Sono stanco di vedermi trattato con tanta freddezza...* Poverino! se è stanco si metta a sedere. E poi se è stanco lui, sono stanca anch'io: e così ci troviamo perfettamente d'accordo... *Vi ho supplicato mille volte per ottenere da voi un colloquio intimo, a quattr'occhi, di pochi minuti...* Cucù! caro mio, è inutile che tu faccia con me il *Giorgio*, perchè io non sono l'Emilia... Sicuro gua': come si fa a negargli un colloquio intimo a quattr'occhi? Bisogna essere proprio scompiacenti!... *So che questa sera avete fissato di andare con Demetrio alla prima rappresentazione dell'Opera nuova. Non potreste lì per lì improvvisare un dolor di capo e rimanere in casa?...* Perchè no? Quando si tratta di fare un piacere a un galantuomo come lui, qual'è quella donna che non comprerebbe apposta un dolor di capo? *Se voi mi negate questa prova di fiducia, io non son degno di restare in casa vostra, e partirò fra due o tre giorni...* Fra due o tre giorni? Anzi caro il mio Don Giovanni, lei partirà subito: oggi stesso! e a farlo uscir di casa ci penserò io! Lo sappia, signorino bello! Se le mi crede una donna del genere dell'Emilia, ha sbagliato, e sbagliato all'ingrosso.

*
* *

Laura andò subito a cercare del marito: e trovatolo in camera, gli disse con accento risoluto:
— Qui bisogna prendere una misura energica...
— Cioè?
— Bisogna che Vittorio se ne vada subito di casa nostra.
— Perchè!
— Perchè il paese è pettegolo, e io non voglio chiacchiere sul conto mio.
— Hai ragione! Domani gliene parlerò.
— Che domani? subito.
— Gliene parlerò stasera.
— Subito, ti dico.
— Vuoi metterlo fuori così su due piedi?
— Fra cinque minuti, se è possibile.
— Ma in questo modo si trattano i ladri! Aspettiamo almeno a domani.
— No! no no! no! Ho detto subito, e deve andarsene subito!
— Anderò a cercarlo in giardino. Meno male che oggi è accomodata ogni cosa...
— Cioè?
— In questi giorni ho avuto un carteggio diplomatico coll'Emilia e sua madre, e oramai la riconciliazione fra gli

sposi è fatta.

– E perchè non mi hai detto nulla?

– Che vuoi? Vittorio mi si era raccomandato per la segretezza!

– Senti, senti! – replicò Laura, con accento ironico. – Quel buon figliuolo di Vittorio ti si era raccomandato per la segretezza? Ma tu, lascia che te lo dica, hai fatto malissimo ad entrare in questo pasticcio. Fra un mese que' due scimuniti saranno daccapo alle solite scene.

– Non lo credo. Sono più innamorati di prima.

– Che sia innamorata l'Emilia, può darsi: è una donna che non ha avuto mai carattere; ma in quanto a Vittorio, ne dubiterei.

– È innamorato anche lui!

– Vittorio no!

– Come lo sai?

– Me lo figuro. E l'Emilia vien qua?

– I coniugi si ritroveranno in casa nostra; non sarà detta una parola sull'accaduto, nè da una parte nè dall'altra, e dopo pochi giorni prenderanno il volo per un lungo viaggio.

– E se Vittorio non volesse partire?

– Com'è possibile, se è lui che ha messo questa condizione del viaggio?

Laura cambiò di colore, si morse il labbro di sotto e bisbigliò fra i denti:

– Vigliacco!... e vorrebbe che stasera l'aspettassi in casa! Se mi capita davanti, guai a lui!

– Dunque – disse Demetrio, avviandosi – io scappo giù in giardino.

– A far che?

– A pregar Vittorio, perchè voglia andarsene...

– E perchè tutta questa fretta?

– Tu vuoi che egli esca subito di casa nostra...

– Ma quando si dice subito, s'intende bene che basta anche domani, anche domani l'altro! Non vedo il perchè tu abbia tanta premura di metterlo fuori di casa.

– Io?

– Che carattere curioso! Quando prendi a perseguitare una persona, non hai bene fin che non l'hai cacciata in mezzo alla strada.

*
**

Un quarto d'ora dopo, Vittorio e Laura s'incontrarono per caso in sala, ed ebbero fra loro, a scappa e fuggi, un dialogo brevissimo, ma drammatico e concitato.

Il dialogo finì con queste parole:

– Laura, non mi dite di no! Datemi questa prova di fiducia, e io vi prometto di rispettarvi come si rispettano le cose sante!

– Davvero?

– Ve lo giuro!

– Ebbene, stasera vi aspetterò nel mio salotto da lavoro. Sento che faccio molto male; ma oramai è destino.

*
**

La sera, mentre Laura stava per andare al teatro, fu colta da un improvviso e violentissimo attacco d'emicrania.

Il povero Demetrio tirò fuori tutti i sali e tutti gli aceti della sua piccola farmacia casalinga; ma nulla valse. Quando l'emicrania è una di quelle tremende emicranie inventato apposta dalle donne che hanno bisogno di rimanere in casa, non c'è barba di marito che possa arrivare a guarirle.

– Pazienza! resterò in casa anch'io, – disse Demetrio.

– No, mio buon amico: vuoi farmi davvero un regalo?

– Con tutto il core.

– Allora lasciami tranquilla, lasciami sola, lasciami dormire. Tu va' al teatro; e siccome la natura t'ha dato un orecchio felicissimo, procura li portar via tutti i motivi e tutte le frasi più belle dell'opera, e a mezzanotte, quando tornerai a casa dopo lo spettacolo, me le ripeterai sul pianoforte. Rammentati che sto alzata apposta per aspettarti.

– Se incontrassi almeno quel vagabondo di Vittorio, lo porterei al teatro con me.

– Vittorio è partito col treno delle sette e mezzo.

– Per dove?

– Per Sant'Aquino. Gli è venuta la tenerezza di andare a fare una visita allo zio Arciprete.

– Pazienza! – ripetò Demetrio, e preso il cappello e i cannocchiali da teatro, uscì di casa.

*
**

Non erano passati cinque minuti che la Marietta entrò nel salottino, dov'era la sua padrona distesa sul canapè, e le disse sottovoce con una specie di mistero:

– Sa chi è di là?

– Chi?

– La signora Emilia!

Laura fu presa da un tremito per tutta la persona; ma ebbe tanto spirito per dire alla cameriera:

– E che bisogno c'è di tutto codesto mistero!

– Credevo...

– Chétati, imbecille, ed escimi di torno!

La Marietta se ne andò, ma nell'andarsene via dalla stanza, disse fra sè e sè tutta contenta: – «Imbecille quanto ti pare; ma intanto ti ho guastato le uova nel panierino».

– Laura!

– Emilia! Che cosa significa questa improvvisata!

– Un capriccio, uno de' miei soliti capricci, mia cara e simpaticissima amica. E Vittorio è in casa?

– Credo che Vittorio per questa sera non lo potrai vedere.

– Perchè?

– Perchè mi ha detto che andava, colla strada ferrata, a fare una visita allo zio Arciprete.

– Per l'appunto stasera! Pazienza. Scommetto che tu non mi aspettavi.

– A dir la verità, ti aspettavo fra tre o quattro giorni. Almeno così mi disse Demetrio.

– Ma invece ho anticipato: e sai perchè? Per arrivar qui all'improvviso senza che Vittorio ne sapesse nulla.

– Una sorpresa dunque?

– Precisamente.

– Hai forse qualche sospetto!

– Ti dirò; jeri mattina ho ricevuto una lettera anonima.

In questo momento, la Marietta fece capolino alla porta di sala e si pose in orecchi con vivissima curiosità.

– E questa lettera diceva? – domandò Laura.

– Diceva così: – «Se vi preme vostro marito, venite subito qua, perchè la patria è in pericolo...» Eccola qui la lettera: riconosci per caso questo carattere!

– Uhm!... no...

– È carattere di donna.

– Ma dev'essere una donna molto ignorante, perchè fra l'altre cose ha scritto *pericholo* coll'*h*.

– Coll'*h*? dov'è quest'*h*? – disse imprudentemente quella giuccherella della Marietta, facerdosi avanti tutta stizzita.

– Come c'entri tu nei nostri discorsi? – gridò Laura alla cameriera. – Va' subito di là, e pensa alle tue faccende.

— E Demetrio è fuori! — dimandò l'Emilia.

— È al teatro. Stasera va in scena l'Opera nuova. Ci vuoi andare?

— Volentieri. Vieni anche tu?

— Figurati se ci verrei! Ma ho un dolor di capo da ammattire.

— Allora non ci vado neppur io.

— Perchè?

— Oh bella perchè voglio tenerti compagnia.

— Bada, ti annojerai!

— E poi ho un certo presentimento...

— Quale?

— Mi son messa in testa che Vittorio da un momento all'altro debba tornare.

— Ma se ti dico che è partito colla strada ferrata.

— O non potrebbe aver fatto tardi al treno? I casi son tanti!

In questo mentre si sentì nella stanza accanto la voce di Demetrio, che gridava con accento di vera allegrezza:

— Come! la signora Emilia è qui? Ma brava signora Emilia; come sta?

— Benissimo, mio eccellente amico. Io vi credevo al teatro...

— Pur troppo! Ma per la solita indisposizione del solito tenore, il teatro è chiuso. Se foste arrivata un'ora prima, avreste trovato qui anche il vostro Vittorio. Peccato! siete arrivata tardi!

— Eppure ho sempre la speranza di essere arrivata a tempo! — ribattè l'Emilia, guardando Laura e facendo una di quelle risatine pungenti, che graffiano la pelle come la zampa vellutata e traditora del gatto.

— Io non voglio togliervi la speranza, — disse Demetrio; ma Vittorio a quest'ora è a casa dello zio.

– A casa ancora no, – soggiunse Laura, sforzandosi di parer tranquilla e indifferente. – Forse a sarà a mezza strada.

– E io lo credo più vicino... molto più vicino! – insistè l'Emilia.

– Il signor Vittorio è qui – disse la Marietta affacciandosi sulla porta.

Difatti Vittorio entrò in sala e gettandosi al collo di sua moglie, gridò con voce commossa e appassionata:

– Ah! il cuore me lo diceva.

– Vedi, Laura, se avevo ragione – disse l'Emilia col solito risolino: quindi voltandosi a Vittorio gli domandò:

– E com'è che non sei più partito?

– Un caso come ne accadono tanti. Mentre il treno stava per partire, mi sono accorto di aver lasciata la sacca da viaggio nella stanza del Capostazione. Scendo a terra, credendo di fare a tempo...

– Basta, basta, – interruppe l'Emilia. – È una storiella che conosco; l'ho sentita raccontare in mille commedie. Del resto, qui non c'è tempo da perdere. Rammentati che dobbiamo ripartire stasera col treno delle dieci.

– Stasera?... Impossibile. Oramai partiremo domani. Non ho fatto neppure la mia valigia.

– Alla tua valigia ci penso io, – replicò l'Emilia con un tono di voce, che non ammetteva repliche nè osservazioni: e, accesa una candela stearica, che era sulla tavola, si fece insegnare la camera di Vittorio.

*
* *

Dopo pochi minuti tornò in sala e disse:

– La valigia è fatta.

– Ci hai messo tutto?

– Tutto, fuori che questa fotografia, perchè m'immagino che vorrai tenerla nel portafogli... dalla parte del cuore.

– Quale fotografia!

– Questo ritratto di donna.... L'hai già dimenticato? Eppure c'è scritto dietro col lapis – *ricordo di un primo amore* – E il carattere non è tuo..., è di lei!...

Sebbene l'Emilia pronunziasse quel *lei* senza guardare in faccia nessuno, Laura diventò del color della morte e mancò poco non cadesse svenuta.

– La conosci questa donna? – riprese l'Emilia, mettendo la fotografia sotto gli occhi di Vittorio.

– Non mi pare...

– Fatela vedere a me, – disse Demetrio; – io forse la conosco...

– No, povero amico, non la conoscete neppur voi!.., o almeno non la conoscete bene!

– Ditemi almeno se è bella.

– Bella? peuh! così così.... Dico la verità, se io fossi un uomo non la sposerei davvero.

A queste parole, Laura, che era bianca come un'immagine di cera, diventò verde come uno smeraldo.

Allora la moglie di Vittorio avvicinò il ritratto alla fiammella della candela e gli dette fuoco.

– Perchè lo bruciate? – domandò Demetrio quasi dispiacente.

– Lo brucio... sapete perchè? perchè ho sempre sentito dire che il fuoco purifica tutto.

Intanto era venuta l'ora degli addii.

L'Emilia, abbracciando Laura, fece finta di baciarla; e questa ricambiò l'amica con la stessa sincerità di cuore.

Quanto a Demetrio, non ci fu verso di persuaderlo a rimanere in casa. Volle a ogni costo accompagnare i due coniugi riconciliati per opera e merito suo, fino alla strada ferrata.

Giunto là, e appena li ebbe messi, come suol dirsi tutt'e due nel vagone, disse loro sottovoce e con tono paternale, tenendoli stretti per la mano:

– La lezione che avete avuta è stata un po' dura, ma vi avrà insegnato almeno a essere più prudenti per l'avvenire. Ricordatevi, amici miei, che se fra Laura e me non c'è stato mai nulla da dire, lo dobbiamo alla nostra prudenza!

– E un pochino anche a me, che sono arrivata a tempo! – soggiunse l'Emilia.

La macchina fischiò, il treno partì, e Demetrio, illuminato a un tratto dalle parole d'Emilia, se ne venne via dalla stazione, sempre più persuaso che i mariti veramente accorti e prudenti, possono saper tutto, ma non debbono mai avvedersi di nulla!

www.ingramcontent.com/pod-product-compliance
Lightning Source LLC
LaVergne TN
LVHW031606060526
838201LV00063B/4754